愛媛県新居浜市上原一丁目三番地

鴻上尚史

講談社

目次

装画　しらこ
ブックデザイン　鈴木成一デザイン室

愛媛県新居浜市上原一丁目三番地

愛媛県新居浜市
上原一丁目三番地

誰もいないはずの実家の前にトラックが止まり、玄関の灯がついていた。慌ててタクシーを降りて裏口から台所に上がれば、紺色の作業服にマスク姿の男が二人、土足のままで廊下から現れた。驚いて声をあげると、明日の下見だと慌てた口調で説明して、家の外へ駆け出した。

台所を見回せば、戸棚の引き出しがいくつも開けられ、中身が床にばらまかれていた。

僕が小学二年生の時、両親は、愛媛県新居浜《にいはま》市上原《うわばら》一丁目三番地にこの家を建てた。今からもう五十四年も前のことだ。

土地が約百二十坪、建物が4LDKで四十坪あまり。外観、デザイン、間取り、すべて父親が注文を出した家で、家全体から父親の熱意が立ち上っていた。

外壁の色は濃いグリーンで、当時としてはとてもモダンな印象だった。人口十万人ちょっとの地方都市の、さらに中心部から離れた山際の田園風景の中で、その外観は目立っていた。

完成してしばらくすると、家のあちこちに鳥の巣ができ始めた。

屋根や雨樋《あまどい》や軒下に鳥達は巣を作った。半円の雨樋だけではなく、雨樋の水を集めて地面に流す円筒の中にも、鳥は枯れ草や藁《わら》を詰めて巣を作った。雨樋は詰まり、溢れ出た雨水は玄関や裏口の上から直接降り注いだ。

雨戸を引き込む戸袋の隙間にも鳥は巣を作り、雨戸は引き出せなくなった。取っても取っても、鳥達は枯れ草や藁を詰め込んだ。

あきらかに、近隣の家に比べて、異常な巣の数だった。

どうしてだろうと途方に暮れていると、近所の人が「家の色が緑だから、鳥が気に入ったんじゃのう」と、同情しながら楽しそうに話す言葉が聞こえてきた。

両親は半信半疑だったが、家を建てたのは、一九六七年の一月で、周辺は茶色や灰色の冬景色だった。その時期、一番目立つ緑は、確かに上原一丁目三番地に建つ家だった。

上原一丁目三番地に家ができるまでは、車で十五分ほど離れた父方の祖父母の家の離れで僕と母は生活していた。

祖父母は米穀商と運送業を営んでいて、大型トラックが三台同時に並べられるぐらいの大きな倉庫があった。小さな離れは、倉庫の管理人用住居として作られたマッチ箱のような空間だった。今なら1Kというのだろうか。一階が六畳の台所で、二階が居間の二間しかなく、倉庫の入り口に張りつくように建てられていた。

夜、二階で寝ているとダッダッダッという大きな音がして倉庫に住む大勢のネズミが天井裏を走った。幼かった僕は、その音に怯えて、ふとんの中で強張った。

横で寝ていた母は、「ネズミさん達は、天井で運動会をしとるよ」とささやいた。小学校の教師だった母らしい譬えだった。

その言葉を聞いた途端、子供だった僕の頭の中には、走るネズミ、応援するネズミ、次の出番を待つネズミ、運営に忙しいネズミの姿が一瞬で浮かんだ。なんだかワクワクする風景だった。それからは、ネズミの運動会を心待ちにするようになった。

新しい家が建っても、小学二年生の三学期は転校せずに、いままでの小学校にバス通学した。学期の途中で転校するのはなにかと大変だと親は判断したのだ。

授業が終わると祖父母の家に寄り、学校勤務が終わった母親と待ち合わせして、二十分ほどバスに揺られた。最寄りのバス停は、家まで歩いて七、八分ほどだった。

当時はまだ街灯が充分に整備されてなく、バス停から家までの道は暗かった。

母はバッグから懐中電灯を出して、暗く続く道を照らした。母の吐く白い息が、懐中電灯の光の中で輝いた。

数分の短い距離でも、忙しい母と一緒に歩けることは珍しく、とても嬉しかった。細い道の両側には、春を待つ田畑が暗闇に向かって広がっていた。

母は時々、途中で立ち止まり、夜空を見上げて、「ほら、あれが冬の大三角」と懐中電灯を空に向けた。

光の筋は長い指示棒のように、夜空に伸びて溶けていった。

「オリオン座ね。あの星とあの星とあの星をつないで。あれが、オリオンの三つ星」

黒板の前に立つ時と同じように、母は星空に向かって光の指示棒を動かした。

小学校二年生だった僕は、黙って空を見上げた。口をぽかんとあけて、目をいっぱいに開いて、一生懸命、母の説明を聞いた。

母は、雲がなく星空が澄み渡っている時は、よく立ち止まって星座を教えてくれた。おおいぬ座、おうし座、ふたご座。街灯のない田園では、星がよく見えた。

母の仕事が遅くなり、一人でバスに乗った時は、大声で歌いながら暗い道を歩いた。「一人で暗い夜道を歩く時には」というマンガ雑誌の記事から仕入れた知恵だった。まだまだ、街灯のない暗い道が日本には多かった。アニメの『鉄腕アトム』や『鉄人28号』のテーマ曲を、むやみやたらに大声で歌えば、いつの間にか恐怖は消えた。

気合をいれてデザインした新居が完成しても、父親の姿はなかった。

この時、父親は上原一丁目三番地の家から駅まで車で十五分。そこから電車で四十分。さらにバスで一時間。さらに歩いて一時間という、四国山脈の山奥のさらに山奥の小学校で教師をしていた。

僕が五歳の時、両親共にこの小学校に転勤する辞令が下りた。

五歳の子供がいる夫婦に、二人揃っての山奥の僻地《へきち》に異動の辞令は異例だった。なおかつ、父親は三十四歳で二度目の僻地勤務というのも前例がなかった。

これにはもちろん理由がある。

当時、政府・文部省と日本教職員組合、通称「日教組」は激しく対立していた。日教組は、名前の通り、小中高の教師達によって構成された組合で、終戦の二年後に結成された。「教え子を再び戦場に送るな」というスローガンが有名で、一九六〇年には、全国の教員の約八割が加入していた。

日教組は、労働条件だけでなく、教育観や教科書問題、平和教育の方針など、さまざまな面で文部省と対立した。

当然、文部省は面白くないわけで、日教組を弱体化させるために、あらゆる手段で組合の組織率を下げようとした。

文部省が取ったのは、組合教員に対しての「昇給の差別化」「勤務地の差別化」「管理職への昇進差別化」という方法だった。

共に日教組の組合員だった両親は、その結果、僻地の小学校に転勤になった。本来住んでいる場所から、勤務校が遠ければ遠いほど、組合員へのダメージになると考えたのだ。小学校は、全校生徒が二十人前後、一、二年が一緒、三、四年が一緒、五、六年が一緒という「複式学級」と呼ばれるシステムで、三クラスしかない学校だった。

五歳だった僕も、保育園をやめて、両親と共に山に行った。倉庫番の家と同じ台所と居間の二間だけだった教員宿舎は、小学校のすぐ傍にあった。両親としては、祖父母に預けるより、連れて行った方がいいと判断したのだろう。

しかし、考えればすぐに分かることなのだが、両親共に授業に行けば、五歳の僕は一人で宿舎に取り残される。教員宿舎は長屋を二つに区切って、二世帯が入れるようになっていたが、もうひとつは教員の独り暮らしだったので、授業が始まるとやはり誰もいなくなった。

五歳の子供が、朝から夕方までたった一人で満足できるはずがなく、あっという間に退屈して、学校へ向かった。学校に着けば、母親の授業風景が珍しく、教室の後ろで、小学校一、二年生に交じって、黒板の文字を大声で読んだ。

子供達は大騒ぎになって、授業どころではなかった。

母親は、何回かここに来てはいけないと言ったが、他に行く所はなかった。困った両親は、僕を図書館に押し込めた。図書館といっても、他の教室と同じ大きさで本棚が並んでいるだけの部屋だった。

父親はここから出てはいけないときつく言った。

しょうがないので、図書館の本を手にとって毎日、読むようになった。これが僕と本との出会いだ。

「本は寂しさを忘れさせてくれた。本を開けば、僕は心躍る冒険の旅へと出発した」と書ければ作家の始まりとしては素敵なのだろうが、残念ながら僕はそうはならなかった。

五歳の僕には、まだ活字をリアルな空想に変換する力がなかったのだと思う。本を読んでいても、休み時間、廊下を走る子供達の声が聞こえてくると、心がざわざわしてどうにもならなかった。友達に囲まれた保育園の環境から、いきなり同年代は誰もいない生活に放り込まれたのだ。目の前の活字より、生身の人間に惹かれた。図書館から出て、とにかく、誰かと話したかった。

それでも、教室に行くと叱られるので、図書館に飽きると仕方なく学校の周りを探検することにした。

学校の傍に、小さな池があった。水がわき出ていて、いつも水は澄んでいた。小魚が泳ぎ、見ていて飽きなかった。なんとか小魚をつかまえようとして、池に落ちた。大声を出したら、偶然、村の人が通り掛かって見つけてくれた。助かったのは、奇跡に近かった。

両親は相談して、僕を祖父母の元に戻すことにした。山に来て、一ヵ月しかたっていなかった。僕は生まれて初めて、両親と別々に住むことになった。

毎週末、両親は二時間半ほどかけて祖父母の家に住む僕に会いに来てくれた。初夏、母親が二人目を妊娠したが、一時間山道を歩き、一時間バスにガタゴト揺られ四十分電車に乗った結果、流産した。母親の体を考えて、会いに来るのは月に一回になった。

一ヵ月に一回、両親に会える日を僕は待ち焦がれた。朝からそわそわして、あれも話したい、これも話したいと興奮した。

六歳になった秋、帰って来る両親と遊ぶために、『たのしい幼稚園』という雑誌の付録の「ゆうびんセット」を用意した。

小さなハガキと赤いポストの絵が描かれたセットだった。

両親が帰ってくる何日も前に、台紙からポストを切り離し、立ち上げ、ハガキに拙い文字で「おかえりなさい」と書いて待った。子供達に楽しみながら郵便のシステムを理解してもらおうという教育的付録だったが、いっぱい話して、いっぱい遊びたいという僕の思いにぴったりだった。

一ヵ月ぶりに会えた母親に僕は飛びついた。母親はぎゅっと僕を抱きしめた。僕は嬉しくて、まずは父親の手を取って、倉庫番の家の台所に用意した郵便ポストの前に座らせた。

あらかじめ小さく切り取ったポストの投函口から僕は「おかえりなさい」と書いた小さなハガキを差し込んだ。

父親はハガキを受け取り、読んだ後、僕が用意した別のハガキに返信を書いた。そしてポストをくるりと自分の方に向けて、投函口にハガキを差し込んだ。

僕はワクワクしながら、そのハガキを受け取った。ハガキには、こう書かれていた。

「おとうさんとおかあさんは、いまから、かいぎにいきます」

一ヵ月、待って待って待ちわびて、最初にもらったハガキだった。

この時、僕の心で小さな音がした。風船が割れるような、何かきしむような音だった。そして、「ああ、親でもすがっちゃいけないんだ」と思った。この人達にはこの人達の人生がある。たとえ両親でもすがってはいけないんだ。六歳だったけれど、この決意は、はっきりと覚えている。

父親がどんな顔をしていたか、記憶はない。ただ、ポストの裏側の茶色い厚紙のざらざらとした光景は今も目に浮かぶ。

「いってらっしゃい」と書こうとした時には、父親はもう立ち上がっていた。

怒りの感情はわかなかった。詳しい事情は分からなくても、「かいぎ」はとても重要なことなんだと感じた。とうちゃんとかあちゃんにとって、とても大切な「かいぎ」のじゃまをしてはいけないんだと、六歳なりに考えていた。

そしてもうひとつ。母親はどんなに急いでいても、どんなに忙しくても、会うたびにぎゅっと抱きしめてくれた。この「ぎゅっ」が僕を支えた。「ぎゅっ」があったから六歳の僕は壊れなかった。どんなに不在の時間が長くても、この「ぎゅっ」によって僕は自分が一人であることを受け入れることができた。

「ゆうびんセット」のことは、じつはずっと忘れていた。この時から十六年後、劇団を旗揚げして、最初の戯曲を書いている時に突然思い出した。

大学の演劇研究会に所属していたのだが、旗揚げ直前まで、先輩から「人間関係を諦めている」「感情を自分で処理しようとしている」「人間とぶつからない」とさんざん言われた。自分でもたしかにそうだと思うようになり、どうしてなんだろうと考え続けていた。

戯曲を書き、登場人物の内面を探り続けていたある日、ポストの裏側のざらざらとした風景を突然思い出した。

思わず声が出て、全身が震えた。たしかにあの時、あの六歳の時に僕は「親にもすがっちゃいけないんだ」と決めた。

上原一丁目三番地の家を建てたのは、両親が山で働き始めて三年目だった。

今から思えば、この時期に故郷の新居浜市に家を建てたのは、絶対に地元の小学校勤務に戻ってくるという父親の決意表明だった気がする。プロテストと言ってもいい。

母親は流産したこともあったのだろう、山奥の学校勤務は二年で終わり、家からバスで一時間ほどかかる隣町の小学校への辞令を受けた。

文部省と日教組の戦いは、愛媛県においては文部省の圧倒的勝利に終わり、九割近かった日教組の組織率は、数年で一桁にまで落ちた。所属するのもやめるのも、信念の問題というより、経済の事情だったのだろう。だが、両親は依然として一桁側に居続けたので、父親は山奥、母親は一時間の通勤時間だった。

家を建てたのは決意と抗議でも、凝りに凝った家にしたのは、倉庫番の家と教員宿舎という1Kの部屋にずっと住んでいた反動だったのだろうと、今にして思う。
上原一丁目三番地に建つ緑の家の背景には、巨大な壁のような四国山脈が広がってい
た。家の遠く後方、重なる二つの山の麓から、なだらかな傾斜が市街地に向かって扇形に
広がっていた。扇状地と呼ばれる地形で、バス停から見上げれば、山裾から広がる大きな
扇の形がよく分かった。緑の家は、扇の要と先端のちょうど中間辺りにあった。
山の麓までは、歩けば一時間以上はかかるだろうが、冬の澄んだ空気の時は、繁る樹木
は目の前にあった。
家へと続くなだらかな坂道を上りながら、いつかはこの山を越えて四国山脈の反対側に
行きたいと夢想した。
「山のあなたの空遠く
『幸い』住むと人のいう」
という上田敏が訳したカール・ブッセの詩を小学六年生で知った時に、山を見上げるた
びにざわついた心の意味が分かったような気がした。山の向こうには、何かが、誰かが
待っているような気がずっとしていた。山を背負って生きている人達は同じ思いを持つん
だと妙に納得した。
四国山脈は、四国を背骨のように貫いているので、どこにいても南を向けば巨大な壁と

して現れた。

保育園のグラウンドからは、山の稜線に生えている木の連なりが、まるで列車のように見えた。先頭部分の木が高く、客車部分の木が低く、シルエットが二両ほどの列車そっくりだった。園児たちは、あれは本当の列車で、もうすぐ山の尾根を走り抜けるんだと信じていた。

緑の家からは、稜線にたたずむ列車は見えず、走り抜けた後のようだった。

一間（約一・八メートル）ちょっとの幅の玄関は真東を向いていた。木と磨りガラスが縦縞に交互に並ぶ引き戸を開けると、石畳に模したコンクリートの三和土《たたき》があり、正面に奥に伸びる廊下があった。それを挟んで右手が八・五畳の台所、左手が七・五畳の畳敷きの居間（「床の間」と呼んでいた）。六畳とか八畳ではなく、「・五畳」がつくのが父親のこだわりなのだろうか。廊下の突当《つきあたり》には、右手に風呂とトイレ、左手が両親の八畳の寝室。

寝室の手前、廊下の左に二階に向かう半間ほどの階段があった。

二階は、階段を上がった右側に七畳の父親の書斎、さらに廊下を奥に進むと、六畳の僕の個室があった。一応、「勉強部屋」と呼んでいた。六畳であっても、個室を手に入れたことで、当然、僕は興奮した。

父親の一階での自慢は、居間の南側に接して作られた広い縁台だった。二メートルほどの真新しい竹を五十本近く並べて、六畳ほどの縁台を作り、屋根ではなく、格子状の天板を並べて葡萄の蔓《つる》を這《は》わせた。

初めて縁台を見た時は、初夏になれば風に吹かれながら大の字に寝ころび、格子とからまる蔓の隙間から空を見上げるのは気持ちいいだろうとわくわくした。切り取られた空を見上げながら、うとうとと昼寝をするのはなんて素敵なんだろう。

縁台のさらに南側には、庭が広がっていた。柿、蜜柑《みかん》、枇杷《びわ》、檸檬《レモン》、無花果《いちじく》の木が一本ずつと、僕の知らない花が何十種類も植えられていた。

果物は父親の趣味だったのだろう。柿は渋柿だったが干し柿にして毎年食べた。蜜柑はあまり甘くない夏蜜柑で、砂糖をぶっかけながら毎年食べた。枇杷は、あまり大きくなかったが甘くて毎年食べた。檸檬は形はいびつだったが、毎年紅茶に入れた。無花果は野生の味がして、縁台の上の葡萄は小粒だったが毎年食べた。

花は母の希望だった。四国の山間部の出身だった母は、星と花を愛でることが趣味だった。「山には娯楽がないから、花と星に詳しくなるんよ」と笑っていた。町できれいな花を見つけると「これはまあ、どしたん、みごとな」と感嘆の声をあげながら、花の名前をいつも口にした。

父親は庭の片隅に小さな池まで作った。一畳ほどのこぢんまりとした、コンクリートで作られた池だった。鮒《ふな》を数匹入れた。この鮒は、やがて、小学校四年の時、理科の授業で解剖されることになった。今から思うと信じられないが、解剖用の鮒の調達も生徒の仕事だった。

父親の二階の自慢は、書斎と勉強部屋以外に十畳ほどの「屋上」を作ったことだ。二階建ての和風建築で「屋上」という言葉を使うのは妙で、正確には「バルコニー」と呼ぶものだろう（調べてみると、屋根があるものが「ベランダ」、屋根や庇《ひさし》に覆われてないものが「バルコニー」となっていた）。

だがそこは、広さといい、灰色のコンクリートの床といい、周囲の手すりの色や形といい、僕にとってまさに「屋上」だった。

階段を上がった左側にドアがあり、開けるといきなり「屋上」だった。本来は部屋にするはずの空間をむき出しの「屋上」にしたのだ。母親は稀にフトンを干したが、他にはこれといった使い道はなかった。

僕の個室には、窓が三つあった。東に向いた小窓は、朝日が入ってきた。南に向いた一間の幅の窓は、鳥の巣で雨戸は引き出せなくなっていたが、「屋上」に面していた。その向こうには、四国山脈がそびえていた。

勉強の途中、椅子に座ったまま身体を窓に向ければ、窓枠に切り取られたコンクリートの床と手すりの風景が見えた。それは、どこかの小さなビルの屋上のようだった。

僕は自分の作品に繰り返し「屋上」を登場させている。この文章を書きながら、それは小学二年生からずっと「屋上」を見てきたからかもしれないと思った。

『トランス』という三人芝居では、自分のことを南朝の正統な天皇だと思い込んだ男性と、彼を治療する精神科医の女性と、彼を愛するゲイの男性三人が病院の屋上に集まるシーンを書いた。

自分を天皇と妄想する男性は「私は屋上にいると、なんだかとても懐かしい気持ちになるのです。たぶん、私は屋上が大好きなのです」と青空を見上げた。「屋上にいると、なぜだか、なくした何かを見つけられるような気持ちになるのです。おかしいですね。なくしたものなんか何もないはずなのに」

彼のことを愛する男性は、この言葉にうなづきながら、「どうして屋上ってこんなにわくわくするのかしら？」と微笑む。愛する彼が統合失調症の幻想を患っていても、彼のコンディションが安定していると嬉しいのだ。

女医も穏やかに「境界線だからかもしれないね」と答えた。耳慣れない言葉に、不思議そうな顔をする二人に、「建物の目的から外れた境界線。内部と外部を分ける境界線だからかもしれないってこと」とインテリらしい説明を加えた。

三人は高校のクラスメイトだ。卒業の時、三人は屋上に集まり、さようならの代わりにこう言う。「もし、誰かが、ここから飛び下りたくなるようなことがあったら、その時は、何をしていても駆けつける。どんな大人になっていても、それだけは約束する」

十年に近い年月が流れて、三人は再会した。一人は患者として、一人は医者として、一人は患者を愛する付き添いとして。そして病院での生活が始まる。

彼らが青空を見上げた屋上は、病院であって病院ではない。かといって、彼らの自宅でもない。屋上は病院の内部でもなければ、外部でもない。まさに、その二つの世界の境界線だ。

境界線は、二つの明確な意味の真ん中にあいまいに存在する。だから、境界線は何物でもない。何物でもない空間に入ると、何者でもない存在になれる気がする。自分が演じなければいけない役割から、ふっと自由になれる。

屋上を持つ建物は素敵だと思う。屋上を持つ人生も素敵だと思う。屋上に出るドアに鍵をかけることは、人生の豊かさを手放すことと同義だ。家と学校や会社だけで、二つの世界を分ける境界線に生きる時間を持たない人生は心底辛いだろう。

ただし、屋上が好きでも、勉強机は屋上側ではなく、反対側の北側の窓に向けて置いた。扇状地がゆっくりと傾斜していく方向なので、広がる田畑を見下ろすことができた。

広がる視界が気持ちよかった。田畑の向こう正面は中学校だった。徒歩二分ほどの距離で、窓からグラウンドを走る中学生が小さく見えた。

この文章を書きながら、母親には書斎がなかったとあらためて思った。同じ小学校教員という職業なのに、作りつけの机と何段もの本棚が壁一面にデザインされた書斎があったのは父親だけだった。母親は、テストの採点や通知簿付け、連絡ノートの書き込みなどの仕事の時は、台所のテーブルか居間の座り机を使った。そのことに文句を言っていた記憶はない。そういう夫婦関係が当時は当たり前だと思われていたのか。本当はどう感じていたのだろう。母親の個人的空間は、寝室に置いてあった鏡台の前の三十センチ四方の小さなスペースだけだった。

ただし、後々分かったことだが、二人は銀行口座は別々に持っていた。母親は自分の預金通帳を持ち、自分の給与はそこに振込んだ。食費や光熱費などの生活費は、夫婦共同で口座を作り、同じ金額を出し合って管理した。金銭的には、母親は父親の設計には従っていなかった。

六畳の勉強部屋には、北側の窓の下に膝丈程の高さで、縦三十センチ、横幅一間ほどの細長い押し入れというか戸棚があった。これもまた、父親の凝ったデザインだった。毎週買っていた『少年マガジン』や『少年サンデー』を低い戸棚に押し込んでいるうちに、奥の仕切りが動くことに気づいた。強く押すと、仕切りが外れた。覗き込むと隙間があり、慎重に身体をもぐり込ませると、屋根裏に出た。

一階と二階の間に広がる空間で、ちょうど、一階の居間の天井裏の部分だった。

四つんばいのまま、天井裏を見回した。立てる高さはなかった。むき出しの木材が様々な方向に張りめぐらされ、太い梁《はり》も何本か見えた。居間の天井は薄く、手足を置く場所を間違えると突き破ってしまいそうだった。

慎重に太い材木の上を進んで、どこまで行けるか調べてみた。残念ながら、張りめぐらされた材木が邪魔をして居間の天井裏以外には行けなかった。それでも、家の裏の顔をいきなり見たような気がして、僕は異常に興奮した。中学生になって、身体が隙間を通らなくなるまで、そこは僕のもう一つの個室になった。

小学三年生になって転入した新しい小学校は、家から歩いて十五分ほどだった。扇状地のなだらかな坂をゆっくりと降りていった先にあった。

上原地区は、その頃、ぽつぽつと新築の建物が建てられ始めていた。

整地され、家の柱が立ち始めると、大人も子供も「棟上《むねあ》げ式」を楽しみに待つようになった。柱が立ち、梁が渡され、瓦をふく前の屋根が出来上がり、家の骨組みが完成した頃に、「棟上げ式」は行われる。

ただし、子供達にとって、それは「餅《もち》まき」そのものだった。天から餅が降ってきた。実際は、屋根の上に立つ男達が、地面に立つ人々に向かってむき出しの餅を投げるのだ。「棟上げ式」の知らせはすぐに広がり、いつも地域の人達が何十人も集まった。大勢の大人の間に挟まり、周囲の視界がふさがれ、ただ見上げるしかなかった子供の僕にとって、餅は屋根からではなく、天から降ってくるものだった。

餅の中には、十円とか五十円とかの硬貨が入っているものもあった。それを見つければ、体の芯からゾクゾクした。

餅拾いの強敵は、他の子供達ではなく近所のおばちゃん達だった。おばちゃんは歓声を上げて、天から降ってくる餅に群がった。当然、子供達よりおばちゃんの方が背が高く力も強い。たぶん、欲も強い。僕は何度も、つかんだと思った餅を、上からおばちゃんにひったくられた。

ただし、子供なりの利点もあった。地面に落ちた餅は見つけやすかった。大人達は、ずっと上を向いて、天から降ってくる餅に集中している分、地面に落ちたものは忘れ去られがちだった。這いつくばるようにして、子供は忘れ去られた餅を集めた。

どんな「棟上げ式」でも、五個から十個の餅は手に入った。十円玉や五十円玉を見つけられなくても、子供は充分満足だった。

「棟上げ式」が終わった後、もうひとつの密かな楽しみが僕にはあった。

骨組みしかなかった家が、徐々に「家そのもの」になっていく。外壁が作られ、部屋壁が作られ、天井が作られ、空間が仕切られていく。その途中は、部屋と屋根裏や床下を簡単に行き来できた。家の表と裏が完全に分かれてないのだ。

僕には、それが突然、出現した魅力的な迷宮に見えた。僕の勉強部屋からは、居間の天井裏にしか行けないけれど、この迷宮はどこまでも迷える気がした。

開いた壁から家の中に入り、部屋から床下や天井裏に入れる場所を見つけてもぐり込む。探検しても探検しても、飽きることはなかった。

もちろん、見つかれば、間違いなく怒られた。だが、工事がない週末、僕は木材がむき出しで、中途半端な状態の家に飛び込み、知らない家の中の表と裏をさまよい続けた。小学校の友達を誘った時もあった。友達がビビって断った時は、一人で飽くまで探検を続けた。

やがて、工事が進み、玄関しか家に入る場所がなくなると、迷宮は家になった。魅力が消えた瞬間だった。

年に数回、心躍る迷宮は、わずかな期間、現れた。僕は、「棟上げ式」で餅を拾いながら、迷宮に入る瞬間を待ち焦がれた。

小学三年生の春に弟が生まれた。父親はまだ山奥にいて、母が産休を取って育て始めた。

梅雨に入って雨が降り続くと、居間の天井から水滴が落ち始めた。「雨漏り」は、家の外と内の区別を溶かし、ひどく不安にさせた。倉庫番の家も教員宿舎も1Kだったが雨漏りはなかった。新築の家が半年で雨漏りを始めたことに、母も僕も混乱した。

雨水は天井の色を変え、ぽつぽつと連続して落ちてきた。バケツを畳の上に置いても、雨水は天井に渡している細木を伝って、落ちる場所をつねに移動した。

居間の畳がぐしゃぐしゃに濡れた。押し入れのふとんも半分ぐらいがやられた。ただし、雨漏りは居間だけだった。勉強部屋を心配したが何故か無事だった。

翌日、大工さんがやってきて、「家の造りを凝ったけん、一階と二階の隙間から雨水が入ったんよ」と、母親に説明した。修理しても修理しても、台風などの大雨が続くと、居間の雨漏りは続いた。

居間にはテレビがあって、台所で夕食を終えた後、必ず見ていた。雨漏りの雨が移動するのにあわせて、座る場所を変えて、テレビを見続けるのはやっかいだった。

初夏、爆発するような音が響き始めた。

何事かと必死になって探ると、縁台の竹が何本も縦に割れていた。夏の日差しで、節と節の間の空気が膨張して、爆発し、竹を割ったのだ。

爆発を防ぐためには、五十本以上ある竹のそれぞれの節の間に錐《きり》を使って空気抜きの穴を開ける必要があった。二メートルほどある一本の竹に、節は平均して五つくらいあった。全部で三百ヵ所近くに穴を開けることは現実的ではないと、両親は思ったようだ。母親は弟の世話で手一杯だし、父親は月に三回ほど週末に帰り、忙しく会議に出ていた。竹に穴を開ける余裕はなかった。結果として、爆発するにまかせた。

気合をいれてデザインした父親は雨漏りの瞬間にも爆発の瞬間にも一度も立ち会わなかった。この時だけは、山にいてよかったのかもしれない。

最初の年の夏、半分ぐらいの竹が爆発して、にぎやかな縁台になった。竹は、半分の半円にではなく、三本か四本の細長い形に割れた。寝ころぶと、割れた竹はささくれ立って、ちくちくと痛かった。

母親は一年の産休を終えて、車で三十分ほどかけて小学校へ通い始めた。バスで一時間よりはましだと、免許を取ったのだ。

弟は、保育園に通い、夕方からは世話をしてくれる女性に預けられた。今で言うベビー・シッターで、僕と同じパターンだった。僕も山へ行く前と帰ってきた後は、保育園が終わると世話をしてくれる女性に迎えに来てもらい、彼女の家で過ごした。祖父母が米屋の商売をしていたので、母親は邪魔にならないようにしたのだ。

僕が小学校五年生の時、父親は五年間の山での生活が終わり、新居浜に戻りたいという希望を出したが、上原から七十キロ離れている小学校への辞令が出た。車で一時間の通勤時間だった。都会では珍しくないだろうが、地方都市で一時間の通勤時間は異例だった。ずっと一桁側の組織にいることの明確な結果だった。父親は上原の家にやっと住めるようになったが、朝早く家を出て夜遅く帰ってきたので、ほとんど家にはいなかった。

小学校から帰ると、いつも家には鍵がかかっていた。この時期、共稼ぎの夫婦が増えた結果、一人で家に帰り、鍵を開ける子供をマスコミは「鍵っ子」と呼ぶようになった。いつも、玄関ではなく、裏口から入った。「ただいま」と言って、自分で「おかえり」と返した。ほんの少し、心がほぐれた。

裏口のドアを開けると台所だった。冷蔵庫に直進し、何かないかと探した。おやつが入っている棚も見た。

母親も仕事が忙しくて、スーパーのお惣菜を買って来ることが多かった。お前のソウルフードは何かと聞かれたら、間違いなく、スーパーのちらし寿司とコロッケと答える。母親はこのことを、教師を定年退職して以降ずっと「ろくなもん、食べさせてこんかった」と気に病んでいた。

でも、僕は全然、平気だった。母親が遊びではなく、仕事のために遅くなり、スーパーのお惣菜を買うことは当たり前のことだと思っていた。両親そろって自分の仕事に誇りを持っていることを子供ながらに感じていた。

教師はブラックなどという考えそのものがなかった時代だった。入学式も運動会も授業参観も、親が来たことは一度もなかった。少しの寂しさよりも、それは当然のことなんだという気持ちの方が強かった。

それに、母は、スーパーのお惣菜に必ずひと手間かけた。コロッケを買ってくれば、キャベツを千切りにして添えた。天ぷらを買ってくれば、うどんを作って天ぷらうどんにした。刺身を買ってきた時は、スーパーのパックからお皿に移した。肉じゃがを買ってくれば、皿に移してレンジでチンした。

僕にはそれだけで、立派な母の料理だった。

朝も慌ただしかった。

二階の勉強部屋で寝ていると、母親が一階から「時間よ」と叫んだ。それでも起きないと、階段の壁を何回か叩きながら「尚史さん！　起きて！」と繰り返した。降りていくと、父親の姿はとっくになく、母親は弟を連れて出かける直前で、食卓にはごはんが盛られたおちゃわんが置かれ、味噌汁が沸騰していた。具はじゃがいもやタマネギで、母はそこに生玉子を落とした。母親は出勤の準備をしながら味噌汁を作っていたから、ずっと火にかけっぱなしで、いつも玉子は固く茹でられていた。

気がつくと、僕は味噌汁の中の固い茹で玉子が大好きになっていた。


上原一丁目三番地に住み始めて、四年たち、僕は中学生になった。勉強部屋からいつも見下ろしていた中学校に通うことになった。歩いて二分、走ったら一分の距離だった。一度、授業開始のチャイムが鳴り始めて走って間に合うか試してみたが、さすがにそれは無理だった。

四年たって、外壁の緑色はようやくくすみ始め、それにつれて鳥の巣も減り始めた。両親は半信半疑だったが、近所の噂話は正しかったのだ。

雨漏りは残念ながらまだ続いていた。中学二年の秋、強い台風が来て、居間だけではなく、二階の勉強部屋も雨漏りし始めた。信じられなかった。僕の個室は、濡れてはこまるものだらけなのだ。

雨漏りは朝始まり、本やフトンやノートを緊急避難させながら、バケツや鍋や台所用のボウルを必死で並べた。けれど、延々と雨漏りは続き、個室の床に数センチ、水がたまり始めた。絶望的な気持ちで昼を迎えた。

南側、屋上が見える窓からは、滝のような雨が降っているのが見えた。ゾッとする風景だった。雑巾で水を吸い取り、バケツの上で絞り続けた。

ため息をついて顔をあげると、北側の窓から雲の隙間に青空が広がり、陽光が射す風景が見えた。

一瞬、目の前に広がる現実を理解できなかった。慌てて振り返ると、南側の窓では滝のような雨が降り続いていた。すぐに北側の窓を見ると、初秋の日差しを受けて田園風景が輝いていた。もう一度振り返ると、激しい雨が降り続けていた。

僕は思考が止まるという経験を初めてした。今、目の前の世界で起きていることが受け入れられなかった。

どのくらい時間がたったのか分からない。ゆっくりと深呼吸して、考え始めた。もう雨は降っていない。北側の窓に広がる田園風景を見れば明らかだ。では、未だに降り続き、天井から落ちてくるこの水はなんだ？　南側だけに水が落ちる理由は何がある？　つまり、南側の屋根に何がある？

そこまで考えて「あっ」と気づいた。この当時、屋根には太陽熱を利用して温水にする設備が設置されていた。今の民間ベースの「太陽光発電」のソーラーパネルに大きさも形もよく似ていた。全面に這わせたパイプに水を溜めて、太陽熱で温める太陽熱温水器で、商品名が『ゆワイター』という真面目なのか諦めているのか分からないものだった。

当時のヒット商品で、上原地区の多くの家でも屋根に置いていた。我が家もその流行に乗っていた。

南側の屋根には『ゆワイター』がある。台風の強風で壊れて、水が漏れているとしたら……それしか原因は考えられなかった。すぐに勉強部屋から飛び出して、屋上の端にある『ゆワイター』への給水用のバルブを閉めた。

降り注いでいた雨は音楽がフェイドアウトするように止まった。

原因を突き止めた喜びと、水浸しになった悲しみと、どうしてもっと早く気づかなかったかという悔しさと、原因のあまりのバカバカしさにおもわず屋上にへたり込んだ。

本当に頭は真っ白になるんだ、それは単なる比喩じゃないんだという発見に心震えるのは、しばらく後だった。

中三になって、高校受験のために真面目に勉強してみようと、夜八時から十二時まで机に向かう生活を一週間した。居間でテレビも見ず、本も読まず、友達に電話もせず、ただ晩飯を食べ終えたら、勉強部屋に直進して、四時間、机に座る生活。一週間やって、なんて退屈な人生なんだと思った。中学校で成績がトップの奴らは、こんな人生を送っているのかと哀しい気持ちになった。自分は、こんな人生は嫌だと心底思った。

それでも、さすがに中間・期末の定期テスト期間は勉強しなければいけない。夜八時に寝て、夜中の三時に起きて、そのまま四時間勉強して、学校に行くという方法を選んだ。一度寝ないで、覚えたまま試験を受ける方が記憶の定着率がいいと考えたのだ。

夜中三時に起きると、目を覚ますためにまずコーヒーを作った。

勉強部屋を出て、父親の書斎を通りすぎ、階段を降りる。両親と弟が寝ている寝室は階段の真下に当たる。三人を起こさないように静かに静かに階段を降りる。一階に着けば、右に曲がって短い廊下を進む。しんと静まった家の中で、急に一人になったような気持ちになる。

廊下を進んで、台所をのぞくと、いつも誰かがいるんじゃないかという気がした。泥棒じゃなくて、なにか、夜の解放感とか優しさとつながるようなイメージだった。

夜の台所に向かって廊下を静かに歩いていく記憶がずっと残っていて、『ピルグリム』

という戯曲を書いた。

主人公の姉が、子供の頃、台所で黒マントと出会う設定だ。

彼女は小学校の文集に次のようなタイトルの文章を書いた。


『黒マントさんの思い出』


それは、私が小学校四年生だったある夜のことです。トイレに行こうと階段を降りていくと、台所の方で物音がします。泥棒かなと思って緊張していくと、台所に黒マントの男の人が立っていました。

私はびっくりしましたが、不思議と怖さはありませんでした。黒マントの人は今まで見たどんな大人とも違った雰囲気でした。優しそうな表情をしていましたが、どこか寂しそうでした。私が何も言えず立ち尽くしていると、その人は柔らかな声で私にこう言いました。

「君かい。太陽の時間、この家を使っているのは?」

「た、太陽の時間?」私は驚きました。

「そうさ。月の時間は、僕が使っていたのさ」

黒マントの人は、小さく微笑みました。

「この家はずっと私の家です」思わず私がそう答えると、黒マントさんはゆっくりと首を振りました。

「違うよ。君は、日本のこんな昔話を知っているかい？　ある男が家を建てようと思って、ちょうどいい空き地を見つけた。男は草を刈り、土地をならした。次の朝行ってみると、そこには、家を建てるにちょうどいい材木が置かれていた。男は喜んで、それで家の骨組みを作った。次の朝行ってみると、骨組みには壁が打ちつけられていた。男は喜んで瓦をふいた。次の朝行ってみると、畳が敷かれていた。男は喜んで、障子をいれた。次の朝、男は酒を持って行ってみると、そこには山盛りのごちそうがあった。そして、一人の男がいた。二人は相談して、昼と夜、交代で家を使うことにした」

黒マントさんはもう一度微笑みました。私もつられて微笑みそうになりました。

「でも、この家を買ったのは、私のお父さんです」

黒マントさんは真剣な表情になってうなづきました。

「太陽の時間のね。僕だって、ちゃんと月の時間の方に払ったんだよ」

私は少し考えて言いました。「でも、でも、私がずっと起きてたら、あなたはこの家にいられないじゃないですか？」

「それは、僕が旅行にずっと出ている証拠さ。君が三日間、月の時間に起きていたら、僕が三日間、旅行に出ているということさ」

「どの家もそうなんですか？」私はびっくりしました。

「どの家もそうさ」黒マントさんは当然のような顔をしました。

私はまた少し考えました。

「じゃあ、どうして私はあなたと会えたんですか？」

「……僕は追放されたんだ」

黒マントさんの影が急に濃くなったような気がしました。

「追放？」よく分からない言葉でした。

「もう、月の時間には僕の居場所はないんだ」黒マントさんは無理に明るく言おうとしていると感じました。

「居場所がない」という言葉に私の心がずきんとしました。

「太陽の時間から追放された人達が、月の時間に住んでいるんだよ」

太陽の時間から追放されて月の時間に住んでいたのに、そこからも追放されたということは……。

「そう。月の時間にも太陽の時間にも、僕の居場所はないんだ」黒マントさんは、とても哀しいことをするりと言いました。

「じゃあ、どうするんですか?」声が大きくなりました。

「どうしたらいいんだろうねえ……」黒マントさんは微笑みましたが、泣き顔のようでした。

私はなんて言ったらいいか分かりませんでした。

黒マントさんは、私を見つめました。「君は、太陽の時間から追い出されそうなんだね。だから、僕と会えたんだ」

びっくりして心臓が止まるかと思いました。

黒マントさんの優しい声が響きました。

「いじめられているんだね。かわいそうに」

「違います。いじめられてなんかいません!」私は嘘をつきました。

黒マントさんは急に悲しい顔になりました。「ごめんね。僕は君のために、何もできそうにない」

「いじめられてなんかないです!」いろんな悲しみがあふれて、胸が張り裂けそうでした。

黒マントさんはゆっくりとうなづきました。

「それじゃ」

黒マントさんは暗闇に向かって歩き始めようとしました。

「待って下さい。これは夢なんですか？」また大きな声になりました。

黒マントさんは、違うよと首を振りました。でも、すぐに、「いや、夢だと思った方がいい」と私の目を見ました。

私は頭がぐるぐるしました。

「さようなら。おじょうちゃん。僕はもう行かないといけない」

「どうしてですか？」

「言っただろう。僕は追放されたんだ」

「私も一緒に連れてって下さい」私は初めて自分が本当に思っていることを言いました。家でもクラスでも本当の気持ちなんて言ったことがないのに。

「だめだ」

黒マントさんの顔が急に厳しくなりました。「君にはまだ、君の世界でやれることがあるから」

そう言った瞬間、黒マントさんは暗闇の中に消えました。

朝、目を醒ますと、私はベッドの中にいました。夢か現実か、区別がつきませんでした。どうして私がいじめられていることを知っているんだろうと、私はこぼれた涙をフトンで拭きました。それから、時々、夜中、目を覚ましては、台所に行ってみました。

けれど、二度と黒マントさんと出会うことはありませんでした。

両親は教員養成所を出て、それぞれ、十九歳の十月に教壇に立った。今から思えば信じられないことだが、終戦直後、早急に教師を養成する必要があったからだ。「助教諭」という立場で、両親とも翌年には正式に教員になった。

両親が教育と社会改革に熱意を注いだのは、時代の刻印が大きかったと思う。

父親は終戦時に十五歳。「戦争に負けた」と言う同級生に対して「負けたりせん！　ウソじゃ！」と叫んで摑み合いの喧嘩になったという。「神州不滅」を信じた軍国少年だったのだ。

だからこそ、教育の持つ力の大きさと恐ろしさを骨身に沁みて知っていたのだろう。「戦場へ行け」と鼓舞していた教師達は、終戦直後に教科書を黒く塗って、過去を消した。

が、両親は戦後教師になった。過去の負い目ではなく、マインドコントロールの怖さを知っている教師だった。

軍国主義ではなく、民主主義の時代が始まると言われた時代だった。文部省が中学一年生の社会科の教科書として作った「あたらしい憲法のはなし」には「憲法は　われわれの基本的人権として　じぶんの思うことを言い　じぶんのすきな所に住み　じぶんのすきな宗教を信じ　能力に応じて教育を受け　政治に参加する　などの権利を保障している」と書かれていた。この言葉は、多くの国民の希望だったはずだ。

両親の心の中には、ずっと「あたらしい憲法のはなし」があったのだと思う。

父親は依然として、七十キロ離れた小学校に、車で一時間かけて通勤していた。

朝五時半に起きて、七時半には校門で子供達に朝のあいさつを続け、帰りは夜九時を過ぎた。それでも、週一回の「学級通信」はかかさず手書きで発行していた。

全国で教師のストがある時は、職員室の自分の机の上に、割り箸で作った小さな旗を立てて「スト、支援中」と書いた。小学校でたった一人の組合員だったから、こうするしかなかったのだ。

ある時、風邪で寝ていると、唐突に父親が個室に入ってきて「それぐらいで寝ていたら、公安の拷問にもすぐ吐くぞ」と言って去って行った。

熱で朦朧《もうろう》とした頭で、「この人は何を言っているんだ」と思った。

ある時は、僕のいない間に父親が黙って部屋に入っていたことがあった。「勝手に人の部屋に入るな」と言うと、父親はムッとした顔で手に持った本で軽く僕の頭を叩いた。僕の本棚に欲しい本があったのだろう。

僕は「暴力で人民を屈伏させることができると思っているのか」と言った。父親が普段言いそうな言葉をわざと使ったのだ。父親は「なんを言いよんか」と言いながら部屋を出たが、その後、二度と勝手に入ることはなかった。

父親はたぶん、子育てより、教育や組合、政治に関心があったのだと思う。父親と「親と子」らしい会話をした記憶がない。とにかく厳しい躾けか、政治の矛盾しか僕に語らなかった。

それでも、ひとつ、感謝していることがある。

中学生のいつだったか、地元の一般紙、愛媛新聞を台所で読んでいて、父親が普段から主張していることと反対のことが書かれてあった。たしか、日米安保条約のことだったと思う。

僕は父親に「これ、父ちゃんが言ってることと違うよね。この新聞、間違ってるの?」と素朴に聞いた。

「世の中には真理はたくさんあるんだ」父親はさらりと言った。

この時の会話を僕は強烈に覚えている。そして、父親に感謝している。もし、父親が「そうだ。その新聞は間違っているんだ。父ちゃんの言っていることが真理なんだ」と言っていたら、少年だった僕はそう信じただろう。やがて、父親の言う真理と愛媛新聞の真理の間で引き裂かれて、混乱しただろう。

それを父親はあっさりと「真理はたくさんあるんだ」と言い放った。父親はよく言えば信念の人だったが、悪くいえば全てにおいて頑固だった。政治信条だけではなく、教育も生活も変えなかった。ずっと共産党を支持していて、テレビのニュースを見ても、よく怒っていた。なのに、この時、どうしてこんなことを言ったのか、今でも分からない。

親と違う子供の価値観を尊重しようとした、わけではないと思う。

まだ小学生だったある日曜日、普段家にいない父親がいて、昼食に母親が豚の生姜焼きを作った。僕は肉の脂身が苦手で、特に豚の脂身はどうにも食べられない。

なので、食べないまま食事を終えようとしたら、父親がそれを見つけて「食べろ」と命令した。この時代、学校給食は残すことを許されなかった。父親は家庭でも同じことを要求したのだ。

けれど、食べられない。給食で豚の脂身が出た時は、スプーンで小さく切って、牛乳でひとつひとつ飲み込んでいた。

一度、あまりにも量が多くて、牛乳が足りなくなり、しょうがないので口に入れて一気に飲み込もうとした。だが、瞬間的に猛烈な吐き気が込み上げてきて、慌てて教室を飛び出した。トイレに急ごうとして、教室とグラウンドの間の側溝に口の中のものをまき散らした。

学校ならまだ努力するが、家で脂身を飲み込む苦労はしたくなかった。生姜焼きの脂身はかなり大きく、見ただけでうんざりした。が、父親は許さなかった。母親が片づけようとすると怒った。「食べるまでテーブルを離れるな」と僕に命令した。

僕は猛烈に腹がたって、そのまま日曜日の午後、四時間ぐらい、豚の脂身を前にしてテーブルに座っていた。

最終的に、父親が自分の書斎に入った時に、母親がこっそりと片づけてくれた。

中学では部活動が二種類あった。放課後にするメインのものと、それとは別に週に一回、授業の時間におこなうものだ。今で言う「総合的な学習の時間」のようなものだった。地方の公立中学では、珍しいシステムだったと思う。

放課後の部活動は、その頃、体育系を選ぶことが当然だと思われていた。僕もその同調圧力に従って、軟式テニス部を選んだ。

週に一回の方は、文化系、できれば演劇部に入りたかったが地方の中学校にはそんなものはなく、仕方なく合唱部を選んだ。けれど、部員が女子四十人に男子一人で、全校生徒の前で発表会があり、恥ずかしくて死にそうになった。中学二年になった時、学校に必死に要望して演劇部を作ってもらった。

小さい頃、母親に何度か芝居に連れて行ってもらった。新居浜市には、演劇を鑑賞する会員組織の全国支部があって、年に一回は東京からいろんな劇団が公演に来ていた。その時の記憶が強烈にあって、演劇をやりたいと思ったのだ。

やり始めてみれば、あっと言う間に週に一回の単純な練習では物足りなくなり、数ヵ月後に教室での公演発表を決めた。

演劇というシステムにいきなり魅了された。

一緒に練習する三年生の中に、見事に演劇の理屈を語る先輩がいた。賢そうな雰囲気に感動したが、動き出すと、身体のあまりの貧弱さに驚いた。

まったく理論が語れない三年生もいた。頼りないなと思っていたのに、動き始めると、なんとも魅力的でドキドキした。

演劇は、人間を一皮剝《む》いて、その人の本質を露わにする力があるんだと気づいて虜《とりこ》になった。それから五十年、この気持ちは色褪《あ》せない。

ただし、放課後は軟式テニス部に参加しなければいけないので、朝七時に学校に来て公演の練習をするようにした。公演の一週間前からは、体調を崩しましたと軟式テニス部の顧問に言って、放課後、演劇の練習を続けた。

そうして、一年で二本の作品を教室と体育館で上演した。一本目が『ラクラク館は揺れる』という既成の喜劇で、二本目は、その役と舞台設定を借りて続編という形で僕が書いた『続・ラクラク館は揺れる』という作品だった。言ってみれば、これが作家としての処女作だ。

ラクラク館という旅館が舞台で、続編は笑いをベースにしながら、公害問題を主題に、恋愛問題をからめて描いた。基本の作劇は十四歳の時とあまり変わってない。

そして、三本目は、「少年式」という十四歳を祝う学校行事の式典の中での上演だった。演劇部の活動が活発で評判もよかったので、学校側が決めたのだ。ちなみに「少年式」というのは愛媛県独自の言い方で、「立志式」「立春式」という言い方の県と、まったくそんなことをやらない県がある。要は、昔の「元服」だ。

気合を入れて台本を探し続け、図書館の奥の奥から『深い淵のほとりに』という作品をやっと見つけてきた。「中学校での進学組と就職組の対立」が軸の物語だった。クラスの半分が高校に行き、半分が就職するという、かなり昔の物語だった。僕の中学時代は、就職する生徒は全学年で一人か二人、いるかどうかだった。それでも、クラスが対立し、ぶつかり、真剣に生き方を考えるという構図に惹かれた。

顧問の女性教師が上演に強硬に反対した。何度言ってもどうにもならないので、僕はいきなり校長先生に会いに行った。そして、この戯曲を上演させて欲しいと頼んだ。昔の物語であること、対立が目的の筋立てではないこと、今の中学生とはずいぶん違っていることなどを熱弁すると、校長はあいまいにうなづいた。

やれやれと教室に戻ると、顧問が待っていて、紅潮した顔で睨まれた。僕が勝手に校長に会いに行ったことでメンツを完全に潰されたという表情だった。僕はもう校長がオッケーしたからと言っていると、担任教師が教室に入ってきた。そんな作品を上演して、生徒が混乱したらどうするつもりだと、担任は言った。

いやこれはそんな作品じゃない、そんなことは起こらないと言い続けていると、学年主任が入ってきて、学校が荒れる可能性のある作品の上演は認められないと言った。何が悪いか全く分からないと反論を続けていると、教頭が入ってきて上演そのものを中止すると言った。気がつくと、僕は四人の大人に囲まれていた。

大人達は、上演そのものをやめるか、代わりに『ベニスの商人』にするかを選べと迫った。そうしないかぎり、この部屋を出さないと。僕がシェイクスピアに対して、あまり良

愛媛県新居浜市上原一丁目三番地

い印象を持ってないのは、これが原因だ。ただし、少年式で演じたシャイロックは、それなりに気持ちよく、評判も良かったので、完全には嫌いにならなかった。

クラスの親しかった友人と「暇人《ひまじん》クラブ」というものを作った。ルールは簡単で、日曜や休日に暇な場合、中学校の正門に十四時に行くこと。同じように暇な奴がいたら、一緒に遊ぶこと。「暇人クラブ」に参加したのは十人ほどだった。

いちいち電話で呼び出すのは面倒臭いし、呼ばれたら断りにくい。だから、暇だと思ったら中学の正門に来てみる。誰かいたら遊ぶ。当時としてはとても便利なシステムだった。なによりも魅力的だったのは、僕の部屋から中学校の正門が見えたことだ。暇だなと思ったら、十四時に窓から正門を見ていればよかった。誰かがくれば、慌てて走って行った。

中学三年になって、各クラス一名が参加する「校内弁論大会」があった。『価値観の相違について』というタイトルで、僕は生徒の圧倒的多数の投票を受けて優勝した。

価値観は違う。僕達男子生徒は今、校則で頭を坊主刈りにしている。でも、県庁がある松山の中学校では丸坊主にしなければいけない校則はない。価値観が違うだけで、丸坊主にすることが正しいことや真理ではない、そんな内容だった。

「校内弁論大会」で優勝したら、新居浜市主催の「市内弁論大会」に出ることになっていた。

その一週間前、僕は校長室に呼ばれた。校長と担任が待っていた。「市内弁論大会には別の生徒が出ることに職員会議で決まった」と校長にいきなり言われた。「どうしてですか？」と聞くと、担任は「女性の方が声がよく通るから、○○さんを選ぶことにした」と告げた。真面目な顔だった。

決まったことだからと言われて何も反論できず、教室に戻った。深刻な顔になっていたので、「暇人クラブ」のメンバーが聞いてきた。事情を話すと、「それはひどい」と憤慨した。誰が言い出したのか、僕か他のメンバーか、今となっては覚えていないのだが、「抗議のビラをまこう」という話になった。

その頃、もちろん、コピーなんてものはまだ現れてなかった。「ガリ版刷り」という方法で「鉄筆で蠟原紙にガリガリと書き込み、インクをつけたローラーを転がして一枚ずつ印刷する」というものだった。父親の「学級通信」はガリ版刷りだ。一枚一枚、ローラーを滑らして、印刷する。

が、「ガリ版刷りセット」も中学生は持っていなかった。結果として「手書きで原文を写そう」ということになった。

上原の家の父親の書斎を借りて、「暇人クラブ」のメンバーを中心に十一人が集まった。

父の書斎には、詰めれば十人近くが取り囲めるほどの大きな机があった。

僕がビラの文章を書いた。「校内弁論大会の優勝者が、そのまま市内弁論大会に進むのが今までのルールなのに、突然、鴻上《こうかみ》は出場をとりけされた。これは絶対におかしい」文章はB4用紙半分に収まる量にした。僕を含めた十二人で一人二十枚、計二百四十枚を配ろうと決めた。机のスペースがない人は、廊下に寝そべって書いた。

ありがたかったが、書き写しているうちに、筆跡で誰が書いたか分かるだろうと思った。たぶん、学校は大騒ぎになる。その時に、友人たちを巻き込んでいいのか。十一人にも温度差があった。激しく怒って手伝ってくれている人、勢いで来た人、ちょっと後悔しているのが顔に出ている人。

僕は結局、書き上げたビラを配れなかった。学校の反応も怖かったが、友人達の反応も怖かった。学校の信頼は失ってもよかったけれど、友人達の信頼は失いたくなかった。「このまま突っ走れば、僕達の関係は破綻する」僕は怯えた。

一週間後、市内の弁論大会に出場したのは、ビラ書きを手伝ってくれた「暇人クラブ」のメンバーの女性だった。「会場の垂れ幕には、私の名前じゃなくて、鴻上君の名前が書かれてたよ」と教えてくれた。

中学校は早く卒業したくてしょうがなかった。この時期の写真が、一番、すさんだ顔をしている。この時期にもし「尾崎豊」がいて、「夜の校舎窓ガラス壊してまわった」と歌ってくれたら、間違いなく僕もそうしただろう。あの当時、不良にならずに、学校に対して反乱するという方法があるなんて想像もできなかった。

卒業式の次の日、勉強部屋の東を向いている窓に小石が当たる音で目が覚めた。なんだろうと窓を開けると、クラスメイトのハーボが一人、自転車にまたがっていた。

「遠足に行かんの？」僕を見上げて叫んだ。

卒業が近づいた時に、「遠足に行きたいねえ」と軽口を叩いたことがあった。卒業する前にクラスで最後に行きたいと。

小石を投げたハーボは、クラスで唯一就職する予定だった。背は低かったががっしりした体つきだった。

「遠足に行かんの？」もう一度ハーボは叫んだ。

「うん。行こう」僕はパジャマ姿のまま、小窓から身を乗り出して叫び返した。

クラスメイトに電話し続け、さらにそのクラスメイトが別の電話をして、上原の家に一人、また一人とクラスメイトが集まり始めた。ハーボが石を投げたのが朝七時半過ぎ、最初に来た女子は、お弁当がいると言って、上原の家の台所でご飯を炊き始めた。家には誰もいなかった。

一時間ほどして、連絡がついたクラスメイトが二十五人ほど上原の家に集まった。ご飯をもう一度炊いて、みんなでおにぎりを作った。おかずは、家から持ってこられる奴が持ってきた。おやつは、お小遣いに余裕のある奴が、他のクラスメイトの分まで買ってきた。おにぎりを作りながら、どこに行くか相談して、自転車で三十分ほど離れた河原に決めた。

四月から働く予定のハーボは本当に嬉しそうだった。その顔を見て、僕も嬉しくなった。

先生に急かされることも注意されることもなく、みんなでおにぎりとおかずとおやつを分け、わいわいと河原を探検した。小学校、中学校のどの遠足より、はるかに楽しい遠足だった。


高校は進学校で、自転車で二十五分ほどの場所にあった。行きは扇状地を降りていくだけなので快適だったが、帰り道は試練だった。延々と続くだらだら坂を、必死で自転車をこいだ。何度も途中で降りて、自転車を押しながら歩いた。その横を、体力のある高校生が自転車に乗ったまま登って行った。

八歳離れた弟が前年に小学校に入学して、母親の「通勤の途中で保育園へ連れて行って、帰りに預けている女性の家から連れて帰る」という仕事がひとつ減った。父親は依然として、車で一時間かけて遠くの小学校に通っていた。

高校一年の夏、割れた竹だけになった縁台を取り壊し、応接室を増築した。居間は七・五畳の和室だったが、その隣に十六畳の洋間の応接室を作ってソファーを置いた。

高校になっても続けた「暇人クラブ」の集まりによくこの部屋を使った。二十人で一日中、いろんなゲームを続けたりした。ソファーを片隅に押しやり、全員が円形に座り、例えば「あいうえお物語」を創った。最初の人が「あ」で始まる一文を創る。「朝、起きると隣に熊がいました」次の人は「い」で始まる文章で物語を続ける。「いきなり熊は話しかけてきました」次の人は「う」だ。「うれしいことがあったんだと、熊は言いました」……という調子で、「あ」から「わ」まで。頭を絞って、苦しんで、笑って、こじつけて、楽しい時間だった。今、僕がやっている演劇ワークショップのひな型は、上原の洋間で始まったのだ。

父親は僕の部屋が散らかっていると何度も文句を言った。「整理整頓しろ」と言われ続けたが、なかなかそうはできなかった。

高校二年のある日突然、父親は部屋に入ってきて、床に散らかる本や雑誌、プリント、衣服などを窓から放り投げ始めた。言うことを聞かない不満が蓄積していたのだろう。といって、南側の窓なので、すべては隣の屋上に散乱しただけだった。それでも、僕は怒った。父親は「乱雑な部屋でまともな考えが浮かぶか！」と怒鳴り返した。

床が見えないぐらい散らかった部屋だったが、定期的にきれいになった。女の子が遊びに来る時だ。父親の怒りより、女の子一人の存在の方が効果的だった。

後輩の女の子が遊びに来た。玄関で「いらっしゃい」と迎え、廊下を歩いて直ぐに左手の階段を上がる。父親の書斎を通り過ぎて、六畳の僕の個室に入った。

勉強机があってシングルベッドがあって本棚があって大きめのステレオがあった。

雨戸を閉め（鳥の巣は少なくなって、雨戸が引き出せるようになっていた）、ガラス戸も閉め、電気を消して、レッド・ツェッペリンの名曲『天国への階段』のレコードをセットした。

これには事情がある。一週間前の夜、「暇人クラブ」の男性メンバーの家に遊びにいくと、これから『天国への階段』をかけるからと言って、部屋の電気を消した。

「どうしたの？」と聞くと「この曲は、暗闇で聴くのがいいんだよ」と得意気な声が聞こえてきた。

確かに、『天国への階段』のイントロ、ジミー・ペイジの繊細で泣くようなギターは、蛍光灯の明かりではなく、暗闇の中で聴くのが相応しかった。続く「きらめくものはすべて金だと信じる女性がいる　彼女は天国への階段を買おうとしている」というロバート・プラントの震えるボーカルを暗闇で聴くと、僕の心も激しく震えた。

後輩の女性、さっちゃんが家に来た時に同じことをしようと決めた。ただ、カーテンでは午後の強烈な日差しを遮《さえぎ》れないので、雨戸を閉めた。

暗闇の中で、ジミー・ペイジのギターが響き始めた。ステレオは、南側の窓の下に据えられていて、二人は並んでステレオの正面に座った。暗闇の中で、ステレオの表示盤の灯が目の前で小さく光っていた。カーペットに座るさっちゃんの肩が少し触れた。

このまま、曲のクライマックスでキスしようと考えていた。曲は八分二秒もあり、クライマックスは五分三十六秒後に来る。焦ることはない。ゆっくりと暗闇と小さく光るライトとさっちゃんの肩のぬくもりを味わおう。と思いながらも、ドキドキしてそれどころじゃなかった。

肩に触れるさっちゃんの雰囲気があきらかに曲に酔っている感じになり、それにつれて僕もまた気持ちよくなってきた。

もうすぐクライマックスという時、雨戸がガタガタと動き始めた。突然、暗闇が真ん中から割れて、縦に伸びた光の筋が目の前に射してきた。同時に、母の「こんな時間に雨戸しめてどしたん?」という陽気な声が聞こえてきた。

雨戸が徐々に開けられ、陽光を背にした母のシルエットが宗教的儀式のように現れた。母は干したフトンを取り込むために屋上に出て、僕が部屋にいるはずなのに雨戸が閉まっていることを、不思議に思ったのだ。

僕は、母が帰っていることにまったく気づかなかった。

母は雨戸を開け、ガラス戸を開け、さっちゃんと並んで座っている僕と目が合った。電気もつけない部屋で並んで座っている息子と女の子。母の動きが一瞬止まった。僕達二人も動けなかった。

しばらくお互いが見つめ合った後、母は何も言わないで去った。

暗闇で何をしていたと母は思ったのか。いや、何をするつもりだと思ったのか。ものすごく恥ずかしかった。まだ何もしてないことが、却って恥ずかしかった。たくらみだけが見つかった感覚。どうせなら、エッチの最中とか、言い訳が利かない瞬間の方がいさぎよいとさえ思った。

電話は台所にあった。当然、今と違って携帯電話はまだないので、全ての会話は台所で行われる。長電話をすると父親は怒った。大事な連絡があるかもしれないから、もういい加減に切れと。

女の子と約束する時も、台所の電話を使うしかない。母親が夕食の準備をしていても、やめる訳にはいかない。一度、「かあちゃんは、僕が女の子と長電話するの気になる?」と聞いた。ずっと電話をしている近くで母が夕食を作っていたことの照れ隠しだった。黙って個室に去るのが、なんだか恥ずかしかったのだ。

「ううん。あんたを信用してるよ」母はさらりと言った。そんなレベルの返事が返ってくると思ってなかったから、戸惑って驚いて身が引き締まった。

小学生の時、母と学校指定の映画を見に行ったことがあった。たしか第二次世界大戦の映画だった。戦争がいかに悲惨かを伝えた物語を見終わった後、場内に「次の映画は大人向けで、子供は見られません」というアナウンスが流れた。当時は、二本立てや三本立てが多かったのだ。

母はアナウンスの後、「どうする?」と素朴に僕に聞いた。聞かれた僕は驚いた。どうするもなにも、子供は見られないと言っているのだ。けれど、母は、僕の意志を尊重した。「出よう」ではなく「どうする?」と聞く母を僕はすごいと思った。

子供の頃から、母に「勉強しろ」と言われたことがなかった。それでも、僕はそれなりに勉強した。それは、懸命に働く母の背中を見ていたからだ。「子供は親の言う通りではなく、親のする通りに育つ」という言葉通りだった。

生徒会長に当選した夜、初めてタバコを吸った。「タバコを吸っている奴を理解したい」と思って、母親のタバコから一本取って勉強部屋で吸った。理解されにくい動機かもしれないが、当時は真剣だった。タバコを吸っていることで悪ぶっている奴らに引け目を感じたくなかった。タバコを吸うことに負けたくなかった。実際に吸ってみると、タバコはタバコだった。なんの魔法も力もなかった。ただ、気分が悪くなってクラクラしただけだった。なのに、この時から三十年以上吸い続けることになった。

この時期、両親とも喫煙者だった。時代だったのだと思う。職員室だけではなく、教室でも教師達は吸っていた。

母親は喫煙者だから僕の勉強部屋の臭いに気づかなかったのか。それとも、分かっていたけれど何も言わなかったのか。

生徒会長になったのは、理不尽な校則を変えたいと思ったからだ。「靴下のマークはワンポイントまで。二つあったら不許可」とか「男子の髪は耳にかぶさらない」「女子のリボンは黒のみ。白や茶は不許可。幅は2センチ以下3センチは不許可」「ストッキングの色は黒のみ。ベージュは不許可」なんてどう考えても無意味としか思えない校則が、中学に続いて高校にもたくさんあった。掲げた公約は「校則の自由化」だった。

ただし、中学校の時の弁論大会の「敗北」を考えると、一校だけでは学校を変えることは不可能なんじゃないかと思った。いくつかの高校がまとまり、同時に要望を出せば変わる可能性があるんじゃないか。「生徒会が集まる団体を作る」というのが、もうひとつの公約だった。

愛媛県は、新居浜市がある東予と、松山市が有名な中予、宇和島市が中心の南予の三つの地区に分かれていて、この当時、公立高校が全部で五十二校と私立が十一校あった。「暇人クラブ」の一人が、僕の立候補と歩調を合わせて、市内の別の高校で立候補して生徒会長になった。隣の市の高校に行ったメンバーがその高校の生徒会長を紹介してくれた。他は、友達や友達の友達に紹介してもらって、土日を使って、愛媛県の高校の生徒会長に会って回った。もちろん、学校に知られたら終わる。こんな組織を学校が許すはずがなかった。教師を通さないで、とにかく、愛媛県の生徒会長に会い続けた。

三ヵ月ほどで東予地区の十八校の高校のうち、十五校が参加して「愛媛県高校生徒会連合　東予支部」を発足させた。

どんな政治団体や宗教団体も関係ない、大人ではなく、高校生が高校生のために作った組織にしようとみんなで約束した。

松山市の中予と宇和島市・大洲市の南予は、それぞれ地元の高校にとりまとめを依頼した。愛媛県は細長い県で、大洲市まで列車で行くのに、上原の家から当時は片道五時間ほどかかった。高校生には簡単に行けない場所だった。それぞれの地区がそれぞれにまとまることが重要だと考えたのだ。

松山の有名私立進学校の生徒会長には「松山はお前の言いなりにはならない」と会うなり言われた。覇権を求めるつもりは全くなかった。誤解を解こうと焦るより、松山は松山でまとまって欲しいと伝える方がよかった。

東予支部十五校で、まずはお互いの校則を知ろうと合宿した。それぞれの発表を聞くうちに、なんとも言い難い気持ちになってきた。隣の市の高校では「女子のストッキングはベージュ。黒は禁止」で、僕の高校とは真逆だった。その高校の生徒会長が、生徒指導の教員に「どうして黒はダメなんですか?」と聞きに行くと、「黒は娼婦っぽいだろ」と吐き捨てるように言われたという。「じゃあ、僕の高校の女子はみんな娼婦なのか!?」と、僕はおどけながら叫んだが、怒りを通り越し、笑いも消え、ただ空しかった。

高校では、放課後の部活で演劇部を選んだ。好きなだけ放課後に練習できることが嬉しかった。別の中学校から来た生徒が、文化祭で『深い淵のほとりに』を上演した、学校からは何も言われなかったと聞いて、驚き悔しかった。だからこそ、高校では演劇をたっぷりやろうと思った。

調べてみると日本には、高校演劇部の全国コンクール、正式には「全国高等学校演劇大会」というものがあると分かった。言ってみれば高校演劇の甲子園だ。ぜひ、出たいと興奮した。高校一年の終わりに、高校演劇の本を出していた東京の未來社という出版社に手紙を書いて、コンクールの参加方法を聞いた。

愛媛県では、そのコンクール予選は開催されてないと返事がきた。とりまとめている高校はあるが、予選はない。毎年、その高校が愛媛県代表として中四国大会に参加しているという。まったく理解できなかった。

とりまとめているのは松山にある私立高校で、演劇部の顧問は酒井先生という人だった。

母親と高校演劇コンクールの話をしているうちに、その酒井先生が母親と教員養成所の同級生だということが分かった。慌てて連絡を取ってもらい、事情を聞いた。

一九六〇年代、学生運動が広がり、高校でも一部で「荒れた高校」が出現した。それを受けて、文部省は「文化系部活動の他校との交流の基本的禁止」という通達を出した。文化系のクラブが交わると「アカ」になる、という判断だ。演劇などもっての外。体育系クラブはどんなに交わっても問題にはならないからと、さかんに奨励された。野球部の甲子園がその象徴だろう。

時代は移り、全国ではまた文化部の交流が復活したが、愛媛県では演劇コンクールは開催されていなかった。正式な調査はないが、日本中でないのは愛媛だけだったのではないかと思う。学生運動はとっくになくなり、「シラケ世代」の高校生になっても、愛媛の教育界は過去の文部省通達を真面目に守っていた。生徒のために再開しようと思う教師や教育委員会の関係者は誰もいなかった。

私立高校の顧問酒井先生に「僕たちが参加したら愛媛でもコンクールはできますか？」と電話で聞いた。酒井先生は「二校でもコンクールはコンクールですね」と答えた。「ただ、鴻上君の高校が許可してくれるかどうか」

僕達の演劇部の顧問は世界史を教えていた三井先生だった。戦前は満州のハルビンで育ち、京大卒というインテリで、よく授業を脱線して、満州時代や京大時代の話をしてくれた。

穏やかな人柄で、演劇部の活動に関してはいつも微笑んで見守ってくれていた。僕は、「演劇コンクールというものがあるんです」と頼み込んだ。三井先生は「分かった！」と言ってすぐに校内での出場の許可を取ってくれた。

校長も教頭も、全国コンクールがあるのに、まさか愛媛ではどの高校も参加してないとは夢にも思わなかったのだ。

当日、会場は松山の私立高校だった。到着して、参加が自分達と私立高校の二校だけだと知って、三井先生も演劇部の仲間達も驚いた顔をした。三井先生は、危ない臭いを感じたのだと思う。

僕達はゴーリキー作の『どん底』を一時間にアレンジして上演した。ロシアの底辺で生きる人達に、高校生が感じる鬱屈や怒り、焦りを重ねた。上演を見た私立高校の演劇部の生徒達は、自分達の作品と比較して、「中四国大会出場決定ですね」と感心した顔をした。愛媛県のコンクールで一位になれば、中四国大会に出られるのだ。この年は島根で行われる予定になっていた。そこで優勝すれば、いよいよ全国大会だ。

だが、この時点で僕はここまでだろうという気がしていた。しばらくして三井先生が「これ以上は無理だと思う」と哀しい顔を見せた。私立の酒井先生から「一位にしたいのですが、そうすると中四国大会に進むことになります。大丈夫ですか？」と言われて、断るしかなかったと三井先生は正直に教えてくれた。

翌日、愛媛新聞に二校が参加して演劇コンクールが開かれた記事が載り、愛媛県の教育委員会が大騒ぎになっていることを酒井先生が教えてくれた。「公立高校が参加した」「誰が許可を出したんだ」「文部省が文化系クラブの交流を禁止しているだろう」と三井先生と校長の責任問題になりかけた。全国各地では、普通に高校演劇コンクールが開かれていることは関係なかった。

ただ、それ以上の大問題にはならなかった。文部省の通達も十年近く前のもので、処分する強い根拠にはならなかったのだろう。

僕は翌日、新聞で知ったクラスメイトから「二位なんだって!? すごいじゃん! で、何校参加したの？ えっ？ 二校？」というにやにや笑いをたっぷり浴びた。

高校三年になって、僕はもう一度、コンクールに参加したいと三井先生に頼んだ。三井先生は、緊張した顔で「やるだけやってみるよ」とおっしゃって下さった。

結果は予想した通り、不許可だった。その結果だけが伝えられた。三井先生は、本当に申し訳なさそうだった。その態度が、逆に申し訳なかった。三井先生に何も責任はないのに、と言いたかった。

後日、マスコミが参加禁止の理由を県の教育委員会に尋ねると、「私達は問題ないと考えたのですが、県の校長会が許可しませんでした」と答えた。そのまま、校長会に理由を聞くと、「私達は問題ないと思ったのですが、教育委員会が反対しました」と回答した。

フィクションを交える必要がないぐらい、バカバカしい現実だった。

生徒会長の任期が終わる時に、何通かの匿名の手紙をもらった。それには、「お前は嘘つきだ！　校則はなにも変わらなかったし、各地の生徒会をまとめるという公約も実現しなかった。大嘘つき！」と書かれていた。

東予地区の生徒会長達で合宿をした後、さまざまな高校の校則を学校新聞で特集した。ストッキングがベージュの高校と黒の高校があり、リボンの色が白が禁止の高校と茶色が禁止の高校があり、靴下にマークがあると禁止の高校と許されている高校があり、まさに中学校の時の弁論大会のテーマ『価値観の相違について』で明示した、唯一の正解のない校則一覧表だった。

反響は大きかった。「先生の言うことを守るか守らないか」という思考から「先生の言うことは正しいのか間違っているのか」という枠組みそのものを問いかける考え方が生まれた。

同時に教師達の反発もすさまじかった。ある教師は、校則の一覧表が載った学校新聞そのものを配らせるべきではないと主張した。ある教師は「鴻上は、学校を混乱させようとしているのか」と怒った。生徒指導部長の教師が厳しい顔でねっとりと反響を僕に伝えた。お前はそういうことをしたんだという顔だった。

教師の反発と締めつけは強くなり、生徒会で会長の僕が浮いた。副会長とか書記とかの立場で生徒会に所属していることで、僕と同じ意見だと思われたくなかったのだろう。こんなことで内申書が悪くなるのは割りがあわないと判断したのだと思う。みんな、生徒会室に寄りつかなくなって孤立した。学校新聞の第二弾を発行することにも反対した。教師達はもちろん反対した。

そして、学校では何もできないまま任期が終わろうとしていた。手紙ではなく、直接、僕に「嘘つき」という生徒も現れ始めた。校則がなくなるかもしれないという期待が大きかった反動だとは思った。けれど、「嘘つき」と言われるたびに、全身の血液が逆流した。その場で何も言えないことが震えるほど悔しかった。

任期の最後の日には、全校生徒の前で最後の挨拶をすることが決まっていた。僕は「嘘つき」と言われたことが許せなくて、「愛媛県高校生徒会連合」のことを全部話して「俺は嘘つきじゃない！」と叫んで、京都へ転校しようと決めた。京都にしたのは、京都の高校は自由というイメージがあったのだ。もちろん、詳しく調べたわけではない。

両親に、かくかくしかじかで、全部話して転校しようと思っていると告げた。京都では独り暮らしをするからと。両親が一緒にいる時に話したのは、その方が話が早いと思ったからだ。二人は黙って話を聞いた。終わった後、父親が、「全部をバラしたら尚史の気持ちは収まるかもしれんが、残された生徒会連合の連中はどうなる？　なにも残らんじゃないか」と強く言った。

反論できなかった。僕は嘘つきと言われてもいいと腹を括って、一学年下の次の生徒会長候補をスカウトした。彼は信用できると思ったので、生徒会連合のことを話し、この活動を続けてほしいと頼んだ。彼はがんばりますと答えた。

高校三年の夏休みが来て、さすがに受験勉強をしないとまずいと焦り始めた。勉強して、大学に受かって、この街を出ようと決めていた。それが当然だと、僕もおそらく両親も思っていた。家を出る寂しさや痛みは感じなかった。ただ、希望だけがあった。

小学校の頃読んだマンガで、タイトルはもう忘れてしまったが、田舎を飛び出す主人公の話があった。

息子が家を出たことを知った母親は、台所仕事の割烹着のまま駅に急ぎ、動き出した電車に向かって走り出す。主人公の若者は、黙ってその姿を車窓から見つめる。電車が速度を増し、母親は足がもつれて転び倒れる。若者は歯を食いしばって、泣かない。

その倒れた母親の姿をいまだにはっきりと覚えている。前のめりに倒れたまま、去っていく電車に手を伸ばし見つめている絵だ。読みながら、自分も「家を出る」のだと当然のように思った。母親にどんなに懇願されても家を出るのだと。

八つ離れた弟がまだ小学校四年生だったことが、家を出る気持ちを楽にした。一人っ子だったとしたら、家を出る痛みを少しは感じたかもしれない。

冬になり、受験に没頭するべき時に、「愛媛県高校生徒会連合　東予支部」の本を作ろうという話になった。生徒会連合を作る目的と意義、将来的な活動方針、そして十五校の校則の一覧をちゃんとした資料集としてまとめることはとても重要なことだった。冬休みは、受験勉強ではなく、本作りに集中した。内心、勉強しなければと焦ったが、次の世代のためにと必死になって本をまとめた。

二百冊を作って、次の生徒会長の代に託そうとした。

卒業式の日、生徒指導部長の先生に呼ばれた。なんだろうと思ったら、いきなり、「生徒会連合というのを知っているのか？」と聞かれた。個室に二人きりだった。

「いえ、知りません」と答えると、生徒指導部長は、他の高校から連絡が来たのだが、その学校の生徒会長が、「高校生徒会連合」の会議に出席してもいいですかと学校に聞いたそうだと告げた。生徒会長は、全員が代替わりして、二代目になっていたから、事情が分かってない生徒がいたのだろう。それにしても間抜けな話だと思った。

学校は、それはなんだと大騒ぎになり、各学校に連絡がきたのだ。生徒指導部長は、「そういえば、鴻上は各高校がまとまる必要があると言っていた。まさか、鴻上が作った組織なのか？」と当たりをつけて、卒業式当日の朝、呼び出したのだ。

僕は「まったく分かりません」と繰り返した。生徒指導部長は、「ロッキード事件みたいに大人が嘘をつくと、子供たちも嘘をつくことが平気になるな」と苦虫をかみつぶしたような顔を見せた。「ロッキード事件」とは、アメリカのロッキード社が航空機を売り込むために起こした大規模な汚職事件だ。

僕は「はあ」とだけ答えた。

生徒指導部長は粘りたいようだったが、卒業式の時間が近づいていた。僕は最後まで「なんのことか分かりません」とだけ答えて部屋を出た。

結局、それで「愛媛県高校生徒会連合」は潰された。絶対に参加してはいけない、参加することは許されないというきつい指導が各高校で行われて、率先して旗を振る人間がいなくなったのだ。完成した本は、配る先がなくなり、一学年下の書記だった女子高生の家の物置にしまわれた。

この年、母親は小学校教師を退職し、言語が不自由な子供達の教育に当たることを決めた。資格を取るために、大学の通信教育を申し込み、夏休みを使って松山にある大学にスクーリングに行き、研修のためにアメリカの大学も訪ねた。「どうしたの?」と聞けば、「今、四十五歳だから、定年まであと十年、やりたいことをしようと思ったの」と答えた。

大学受験は、西日本のある国立大学に受かったが、一年浪人して、東京に出ると決めていた。行くつもりのない国立大学を受けたのは、高校から強く言われたからだ。地方の進学校は、国立大学の入学者数を上げることが至上命令だった。

両親は、浪人に最初反対していたが、僕の決意が強いことを知って認めてくれた。

京都で予備校に通うことに決めた。自宅で浪人は効率が悪いし、いきなり東京は刺激が強すぎて勉強にならない可能性があるし、大阪も同じぐらい危険で、京都なら都会に慣れるという意味でも、勉強する場所としても最適なのではないかと考えた。

旅立つ数日前、部屋が乱雑だと父親が怒った。もう家を出るから、僕も一歩も引かなかった。なんでそんなことを言われなければいけないのかとぶつかった。怒鳴り合いながら、単純に、「自我の強いオスは同居できない」と思った。父親は自分のルールを生きようとし、僕は僕のルールを守ろうとした。

もし、ここが上原ではなく東京で、大学になっても同居を続けなければいけなかったら、やがて、深刻なことが起こったかもしれない。家を出ることは救いだった。

十八歳の三月、家を出た。電車ではなく、父親が運転する車にフトンや洋服、参考書を積んで京都を目指した。車中、父親と何を話したのか覚えていない。京都の賀茂川沿いの道は桜が満開で、舞い散る桜の花びらの風景に声を上げた。風に舞う花びらは、まるで桜のトンネルのようだった。振り向けば、車の起こした風が、さらに花びらを舞上げていた。予備校の寮に荷物を下ろした後、父親は「合格するまで、家には帰ってくるな」と言って車に乗り込んだ。僕もそのつもりだった。

この年、父親が山から降りて七年たって四十七歳になり、ようやく新居浜市内の小学校に転勤になった。通勤時間は一時間から二十分に減った。

時間が短縮したのは、父親の組合活動の勝利ではなく、その反対だった。組合は完全に弱体化し、誰も入ろうとする教員がいなくなったので、父親を見せしめにする必要がなくなったのだ。愛媛県では、組織率は「ほぼゼロ」になっていた。

浪人した年の十二月、家に「東大を受ける」と手紙を書いた。母親から返事が来た。ちゃんと食事をしろとか、風邪を引かないようにというういつもの文章だった。ただし、小学校五年生だった弟の手紙が同封されていた。弟は拙い文字で「少年よ、大志がでかすぎる」と書いていた。

結局、でかすぎる東大に断られて早稲田大学法学部に入学した。

夏に一年半ぶりに上原の家に戻った。駅ではくしゃくしゃの笑顔の母親が待っていた。

母親は資格を取って、言葉が不自由な子供達を教え始めていた。「朝、『ありがとう』が言えんかった子供が、夕方、親が迎えに来たら『ありがとう』と言えたんよ。親御さんは泣いてねえ」と母親は嬉しそうに話した。

実家は快適だったが、一週間が限界だった。それ以上いると、退屈さで息が詰まってくる感じがした。

この夏、僕は筑波大学に通う高校時代の同級生とつきあっていて、一緒に北海道旅行に行こうと約束していた。高校二年の夏休みに一人旅で回った北海道に僕ははまっていて、彼女を誘ったのだ。

上原の家を出て、駅までタクシーを呼ぼうとしたら、母親が送ってくれた。改札前で母親に別れを告げた。正月には帰ってくるからと。

母親は「元気で」と陽気に言った。

彼女と一緒に新居浜から北海道に行こうと、駅のホームで待ち合わせしていた。ボストンバッグを足元に置いた彼女がホームで待っていた。僕は駆け寄り、楽しく話し始めた。

これから二人で北海道へ行く。心が弾んで、笑みがこぼれた。

どれぐらい話しただろう。ふと、視線を感じて顔を向けた。駅舎の外れ、網状のフェンスの外から母親が僕を見つめていた。寂しさが顔にへばりついていた。あんな母親の顔は見たことがなかった。もう四十三年も前のことだけど、いまだに目に浮かぶ。

母親は最後の最後まで僕を見送ろうと、車を駐車場に止め、ホームが見える駅舎の端に立ったのだ。

動けなかった。フェンス越しの母親と目が合った後、僕がどうしたか覚えていない。母親の本当に寂しくて哀しい顔に驚いて、混乱したのだと思う。

たぶん、バツの悪い顔をして強張ったまま、電車が入ってくるのを待ったのだろう。彼女が母親を見て何かを言ったかどうかの記憶がないということは、母親だという紹介もしなかった、そんな余裕がなかったのだろう。


大学一年の時は、僕は自分が何をしたらいいのか分からなかった。うんざりしながら受験勉強を続け、ようやく法学部に入学したら、授業の履修登録の日に、司法試験用の講座登録の案内もされた。毎日、十時間近く勉強して大学に入って、またすぐに、司法試験のために一日何時間も勉強するのかと思ったら、全身に鳥肌が立った。

授業は養鶏場のような大教室だった。教授は、ただ自分の書いた本を教壇で下を向いて読み続けるだけだった。五月になる前に授業に失望した。

サークルを選ぼうと思った。ただ、中学高校と演劇を計五年間やったので、演劇はもういいかと思った。当時、八ミリの自主映画がブームだったので、大学の映画研究会の上映会を覗いてみた。

小さな画面に映されている映画を見ている観客は、全員が関係者のようだった。出演者と出演者の友達とスタッフと。その雰囲気が、あまりに「内輪のノリ」に感じて嫌だった。

八ミリではなく、フィルムが倍大きい十六ミリの映画を自分で撮ろうと計画した。ただ、機材やフィルム代などを計算すると、どうしても百万から二百万はかかることが分かった。その金を作るために、「東京都宝くじ」を毎週買った。一等が三百万円だった。半年間、毎週、千円分買い続けたが当たらなかった。

東大に入って、将来、官僚になる奴を見たいという願望がずっとくすぶっていた。早稲田でやることが見つからず、後期は仮面浪人をすることにした。いっさい大学に行かず、勉強を続けた。だが、半年の付け焼き刃ではどうにもならなかった。僕は二年連続して、東大に落ちた。

二年生の四月、今度こそ、何かをしなければと真剣に考えた。今からサークルに入ると、大学二年生で新人だから、一年間のブランクがある。そのハンディキャップが大きくないものは何かと考えて、演劇だと思い当たった。自分は、演劇を少なくとも五年間やっていたと。

僕は早稲田大学演劇研究会に入った。

その月、父親からいきなり電話がかかってきて、週末に帰ってこいと言われた。どうしてと聞くと、「去年、二単位しか取ってないと大学から通知が来た。どういうことだ?」と問い詰められた。

一年間で、百二十単位ほどが基準だった。一教科四単位。ただし、僕は前期に保健の授業だけに出て、セットの後期の体育に出なかったので、一年間で二単位だけだった。

そんなことをわざわざ、親に知らせるなんて、早稲田のイメージとあまりに違うので驚いた。そういうことは、過保護のお坊ちゃん大学の慶応大学に相応しいのにと、筋違いな怒りを大学に持った。

電話で必死に事情を話した。早稲田大学の演劇研究会は、本当に忙しくて、授業に出ようとすると怒られるぐらいで、帰省する余裕はなかった。

正月にようやく帰ると、僕の勉強部屋は、すでに弟の部屋になっていたので、居間で寝た。弟は中学一年生になっていた。

それからは、毎年、大晦日に帰って、正月の三日に東京に戻るという生活を繰り返した。一年に一回、それだけは絶対に守った。食卓では、演劇しかしてない大学生活を面白おかしく話し続け、母親を笑わせ、父親は笑わなかったが、盛り上げ続けた。それが、ずっと仕送りをしてくれている感謝だと思った。

帰る時も、二度と駅のホームでは彼女と待ち合わせをせず、フェンスの金網越しの母親に、列車に乗り込んだ後も、窓から手を振った。

三年たって、劇団を旗揚げすると報告した。作家と演出家を担当する。これを続けていると、大学を五年でも卒業できそうにない、ということも報告した。

それはどういうことなんだと、両親そろって、劇団の三回目の公演『プラスチックの白夜に踊れば』という作品を見に来た。大学側に無許可で大隈《おおくま》講堂前にテントを建てて上演した公演だったが、それはまた別の話。

見終わった後、劇団をやめろとか就職しろとか言うかと身構えていたら、父親は「作者の言いたいことが分からない。枝葉末節が多すぎる」と真面目な顔を向けた。

母親は「今は大学生だから、みんな楽しく劇団に参加してくれよるのね。学生じゃのうなって、お金が問題になるようになったら、大変になるねえ」と微笑んだ。

二人とも、それ以上は将来について何も言わなかった。父親は、僕のアパートを見て、

「乱雑すぎる。こんな汚い部屋では、まともな考えも浮かばない」と怒った。僕を含めて三人が寝られるスペースがなかったので、両親はホテルに泊まった。

何年かして、両親は勉強部屋の南側の屋上をつぶして、十畳のフローリングの部屋を作った。今から思えば、将来、僕と弟が結婚して子供ができて、里帰りした時のことを考えたのかもしれない。

その部屋のさらに南側に、やっぱり、父親は以前と同じ「屋上」を作った。ちょうど、縁台を潰して作った洋間の真上だった。

正月に帰るたびに、家は少しずつ変わっていた。トイレがウォシュレットになっていたり、インターネットが引かれていたり、テレビが大型になっていたりした。

ただ、母親の雑煮だけは変わらなかった。醬油出汁《だし》ベースの丸餅。薄く切った大根と人参と蒲鉾と鶏肉と三つ葉の入った雑煮だった。これを食べることが正月だった。

一度、劇団の公演が大晦日から正月にかけて大阪であって、正月に帰郷できなかった。「あけましておめでとう」と劇団員と言い合っても、少しも正月の気持ちがしなかった。自分でも驚くほど正月感がなかった。

公演が終わり、一年に一度は上原に帰ろうという自分のルールに従って、春に戻った。

母親が「今年の正月は食べられなかったから」と雑煮を作ってくれた。一口食べて、いきなり体中が正月の感覚に震えた。強烈な感覚だった。アメリカを一ヵ月旅行し、一度も和食を食べなくても平気だと感じた時、自分はコスモポリタンかとうそぶいた。だが、チャイナタウンで醤油の匂いを嗅いだ瞬間、身体の深い部分を揺さぶられた。あの感覚と同じだった。

劇団を作って七年目、僕が二十九歳の時に、母親は五十五歳で定年退職した。延長することもできたが、「甘えてくる子供達を持ち上げられんようになった」と決断した。

瀬戸大橋ができて以降は、劇団が大阪で公演がある時は、両親共に見に来てくれた。父親はまだ働いていたが、両親にとっては良い気分転換になったのじゃないかと思う。僕も正月以外に両親と食事をする機会を持てた。

弟も大学生になって上原の家を出て、僕達の個室は、母親の絵描き部屋になった。母親は、墨絵を中心にしてたくさんの絵を描き、展覧会にも出品した。

三十二歳の時に僕は濃密な恋愛をした。今までにないほど愛されていると感じたし、愛することを常に強く求められた。溺れるような性愛というものが存在することも知った。

夜中、一緒に寝ていると、彼女はよくうなされて、悲鳴を上げて僕にしがみついた。どんな夢を見ていたか覚えてないと言う。ただ、とても怖かったと。彼女を抱きしめながら、彼女の頭の中の嵐が去ることを願った。

「いつ死んでもいいんだよなあ」と、その頃僕はよく言っていた。そう言うことで精神のバランスを取っていたのだと思う。何度目かの時、「そんなに死にたいんなら、殺してあげる。私も一緒に死ぬ」と彼女が涙目で包丁を持って迫って来た。僕は座椅子を楯のようにして身を護りながら慌てて謝った。

彼女は自分のエネルギーを持て余して、その総てのエネルギーを僕との関係につぎ込んだ。同時に、同じ量のエネルギーを僕に求めた。僕は彼女に振り回されながら、彼女の要求に必死で応えようとした。愛することを生活の中心に置いたのは生まれて初めての経験だった。彼女以前も以降も、僕の生活の中心はずっと仕事だ。

そんな生活が半年ほど続いた朝、自分の頰をつたう涙の冷たさで目が覚めた。母が死んだという電話をもらったと思った。ただそれが夢なのか、現実なのか分からなかった。混乱したまま、急いで故郷に電話した。電話口から母の声が聞こえてきて安堵した。あまりにリアルな夢だった。彼女とつきあうことで、僕は母が死ぬ夢を初めて見た。

六十一歳で父親は教師を退職した。生涯、一教諭で、実質的には管理職試験を受けられず、教頭にも校長にもなれなかった。組合員であるということは、そういうことだった。最後の小学校では、校長先生より年上で、経験も積んでいた。そんな平教諭が色々と言うのだから、父親の頑固さを知っている僕は、校長先生はさぞやりにくかったんじゃないだろうかと勝手に同情した。

高校を卒業して十八年後、三十六歳の時に奇妙な依頼が舞い込んだ。愛媛県で行われる高校演劇の全国コンクールの審査員をして欲しいというものだ。事情を聞いて僕は電話口で叫んだ。

なんの悲鳴か。

もともと、「全国高等学校演劇大会」はこの当時、「全国高等学校総合文化祭」の演劇部門として行われていた（他には合唱や書道、弁論など十九部門がある）。この長い名前の総合文化祭は、第一回が千葉県で、国体のように毎年、県を替えていく。そしてとうとう十八回目に愛媛県の番が来た。

総合文化祭には演劇部門がある。けれど、愛媛県は依然として「高校演劇コンクール」を禁止していた。ここで、愛媛県の教育委員会と校長会が「全国はどうか知らないが、我々愛媛県は二十年以上、ずっと演劇コンクールの参加を禁止している。十九年前に一度、公立高校が参加したが我々は翌年、これを厳しく禁止した。愛媛県では演劇コンクールは絶対に許さない」とでも声明を発表したら、僕は納得した。

が、彼らがやったことは、「県内で演劇コンクールを開催する。各高校の演劇部は積極的に参加するように」という突然の通達だった。総合文化祭を主催する県に恥ずかしくないように、演劇文化交流の活発な県に強引に変えようとしたのだ。

そんなこと言われても、去年まで「演劇コンクール」の存在そのものを知らなかった演劇部が簡単に参加できるわけがない。ほんの数校が慌てた状態でかろうじて参加した。

全国大会には、主催県の高校は「主催枠推薦」で一校だけ参加できる権利があった。激しい競争を勝ち抜かなくても、参加できる夢の権利だ。僕は歯ぎしりしながら審査員を引き受けて、その公演を見た。

他の高校は県をいくつかに分けた地区大会を勝ち抜き、県大会を勝ち抜き、中四国大会のようなブロック大会を勝ち抜いてきた作品で、レベルが違っていた。プロ野球の中に、小学生の野球チームが入っているような無残な出来だった。出演している愛媛県の高校生が可哀相だった。僕は終演後、アドバイスを求められて、丁寧に細かく、少しでも良くなるように話し続けた。

夜、交流会があって、県の教育委員会や校長会の人達や審査員、各地の演劇部の先生が集まった。

僕はスピーチを求められ、自分が高校二年の時は県大会は二校だけで、高校三年生の時は参加を禁止された事情を語った。愚かな指導が愛媛の高校演劇の悲惨な現状を作った、あの時の怒りは今もあり、その怒りが自分が演劇を続けている原動力のひとつだと続けた。そして「今、ここに当時の教育委員会か校長会の方がいらっしゃったら、名乗り出ていただけませんか。僕、殴ります」と言った。交流会は一瞬、静まり返った。誰も出てこなかった。

その時、愛媛県代表で参加した演劇部は、その後、二回も全国大会で優勝した。奇跡のような偉業で本当に嬉しかったが、これもまた別の話。


この年の秋、僕はある女性と出会い、結婚することにした。母親が友人と東京に旅行にきた機会を利用して、東京のホテルのロビーで彼女を紹介した。

和やかに話し終わった後、僕達は、母親と別れた。電車に乗っている時に、彼女が微笑んだ。どうしたのかと聞くと、僕がトイレに行っている間に、母親は彼女に「仕事を続けた方がええよ。夫は生きがいにならんからね」と言ったという。その言葉を思い出して、彼女は微笑んだのだ。

結婚式では、父親が両家を代表した感謝の言葉で「タバコはやめよう」という話をえんえんとした。「尚史は吸っています。困ったことです」参列者への感謝は付け足しのようだった。

結婚してからも、正月は妻と一緒に上原の家に帰省した。やがて弟も結婚し、正月は四人から六人になった。やがて子供が生まれ、正月の食卓は十年の間に、七人、八人、九人と増え続け、最大で十人になった。八・五畳の台所で十人がテーブルを囲んだ光景は壮観だった。

台所で食事を終えた子供たちは、すぐに居間に移り、こたつにもぐり込んで、テレビを見た。こたつは上原の家にしかなく、嬉しそうだった。

夜、弟夫婦は居間で寝て、僕達は二階の増築したフローリングの部屋で子供達と一緒に寝た。祭りのような正月だった。

僕は一年に一回、両親から誕生日に一万円が入った手紙をもらうのが楽しみだった。いつも短いメッセージが書かれていた。父親は「仕事に責任を」とか「大人の自覚」と書いていた。母親は「仕事をしすぎないように」「体をいたわって」「人間らしい生活を」だった。

五十一歳の時に手紙がこなくて、母親に聞くと「五十歳を越したからもうええかなと思って」と言われたので「いや、五十歳を過ぎても欲しい」と返して、五十二歳からまたもらうことにした。

いつの正月だったか、弟夫婦は先に奥さんの実家に行き、子供達と妻は居間でテレビを見ている時、台所で父親が自分達が死んだ時のお寺を決めたと言い出した。あまりに唐突で驚いた。父親はお寺の名前を挙げて、コインロッカーのような棚で骨を供養してもらえるのでここにした、墓石を作るとお前達が管理しなければいけないから大変だろうからと、当然のように言った。横で母親が黙ってうなづいていた。

そんな話をする時期にきたのかとショックだった。したくなかった。分かったとだけ短く答えて、話題を変えた。

父親は上原地区の自治会長になったり、俳句を作ったり、山歩きをしたり、写真を撮ったりして日々を精力的に過ごした。母親は、炊事と洗濯と掃除をしながら、友達と観劇に行ったり、絵を描いたりしていた。

父親が七十八歳になった時に、帯状疱疹《たいじょうほうしん》という病気にかかり、ひどい後遺症に苦しめられるようになった。山歩きを楽しんでいた父親が別人のように変わった。

一日中、痛みが続き、夜中も満足に眠れず、右手がうまく動かせなくなった。

母親は懸命に父親の世話をした。

「リハビリをちゃんとやればよくなるんよ」と母親は言い続けたが、痛みでなかなかリハビリは続けられなかった。

正月、帰省すると、廊下の両側と階段の片側に丸い木の手すりがついていた。父親はゆっくりゆっくりと手すりをつかんで歩いていた。

リハビリを休みがちだと嘆く母親の言葉を聞いて、「戦うためには、まだまだがんばらないと」と父親に言うと、何も言わずただ力なくうなづいた。そんな父親の姿を見るのは初めてだった。

父親の後遺症は一向に快癒せず、徐々に体の機能が低下してきて、四年後、介護保険で「要支援2」の認定を受けた。「介護予防サービスの利用で、状態の維持・改善が期待できる」ものの、「かろうじて、自分で食事、トイレはできるが、風呂に入っても、背中は洗えないとか浴槽はまたげない」という状況だった。

父親が「要支援2」の認定を受けてからは、福岡のテレビ局で働いている弟と相談して、正月だけではなく、数ヵ月に一回は、どちらかが上原に帰るようにした。

母親に頼まれて、父親を風呂に入れた。最初、風呂に入りたいという父親に「僕が手伝うよ」と言うと、父親の表情が一瞬、曇った。僕に不自由な自分の現在を知られること、老いた裸を見られることが嫌なんだろうと思った。が、父親は複雑な顔で僕を見ただけで、何も言わなかった。

父親の服を脱がし始めた。なるべく自分でやるように促しながら、ズボンを脱がすと、父親は紙おむつをはいていた。

全裸になった父親を浴槽の椅子に座らせて、シャワーでお湯をかけた。自分は風呂に入るつもりがないので、全裸ではなくトランクスをはいていた。お湯をかけていると、強烈な違和感に襲われた。父親を仕事として介護しているような気がした。

すぐにトランクスを脱いだ。違和感はすっと消えて、介護ではなく、親子で風呂に入る感覚になった。父親と風呂に入るのは何年ぶりなんだろうと思った。いつも帰宅が遅かった父とはほとんど一緒には入れなかった。はっきりとした記憶がないということは、小学校に入る前、五十年ぶりぐらいだろうか。

ゆっくりと裸の父親を湯船に入れる。父親は右手を僕の肩に回し、左手で風呂の壁に取り付けた手すりを握り、ゆっくりと左足を上げながら、湯船をまたいだ。風呂はユニットバスではなく、長方形の埋め込み式なのが救いだった。湯船の仕切りの高さは、三十センチほど。それでも、今の父親には途方もない高さなのだろう。僕の肩に回した右手に力がはいる。不安定になって、体重がのしかかってくる。ぐっと全身に力を入れて、父親を支える。後遺症の痛みで運動ができなくなった父親は太った。この重さを母親が支えることは間違いなく不可能だ。

慎重に父親の体を支えて、左足を湯船につけ、そのまま、右足も湯船に入るように促した。父親は、じつにゆっくりと右足を持ち上げ湯船に入れた。父親は湯船に横たわった。満足そうな表情に変わった。

もう厳しい父親はいなかった。僕の部屋の物を放り投げ、食べ物を残すのは許さんと怒鳴った父親はどこにもいなかった。


ケアマネージャーさんが世話してくれて、父親は週に二回、「デイサービス」に通うことになった。父親はそこで入浴することにした。朝、迎えが来て、夕方に帰ってくる。他に週一回の訪問看護と訪問リハビリを受けたが、父親の後遺症の痛みは治まらなかった。夜中はずっと「痛い」「痛い」と苦しみ、母親はなかなか眠れなかった。

一泊でも施設に泊まることができれば母親は休めると考えて、帰省した時に、父親に泊まり込みの施設に行くことを提案した。

父親は、一泊して帰ってきて、「二度と行かん」と告げた。

施設での様子とケアマネージャーさんの報告、本人の言葉少ない不満から判断すると、幼児扱いされた遊戯やゲームが耐えられなかったようだ。「はーい、両手をあげましょうね〜」「みんなで歌おう〜」と優しく言われても、「俺は幼児じゃない」と反発したのだ。頑固な教師だった父親のプライドを激しく傷つけたのだろう。

ただ、父が週二回通っていたデイサービスも同じようなゲームをしたが、父はその施設を気に入っていた。呼びかけが「幼児」扱いしてないと敏感に感じたのだろう。

テレビを見ていると、タレントがなんの迷いもなく、高齢者に「おばあちゃんは〜」と話しかけたりする。微妙に「名前を知らないからこんな言い方ですみません」と感じる人もいれば、「おばあちゃんをおばあちゃんと呼ぶのは当たり前」と決めつけていると感じる人もいる。

施設は、もちろん相手の名前をちゃんと呼ぶが、どんなに老化したり、認知症になったりしていても、呼びかける時に、大人の人間として意識するか、すでに理解能力が落ちてしまった存在だと思うかの違いかとも思う。

父親は、どんなに疲れたり眠くても、このデイサービスには必ず朝、起きて行った。ここに泊まれれば問題はなかったのだが、泊まりのサービスはなかった。

泊まった施設が悪かったからと、別の施設を勧めたこともあった。この施設は逆に、何もしなかった。父親を迎えに行くと、食堂で大勢の高齢者が車椅子や椅子に座ったまま寝ていた。テレビの音だけが、十何人の老人が寝ている空間に響いていた。話し声を含めて、他の物音は一切しなかった。申し訳ないと思いながら、どこかゾッとした。人類がゆっくりと滅んでいくディストピアのＳＦ映画を見ているような気持ちになった。父親はこの施設も嫌いだと言った。

父親はとにかく、上原の家を出て泊まることを嫌がった。

母親から、父親が玄関で転んで骨折して入院したという知らせが来た。入院して寝ている間に、ますます筋力が落ちて、その一年後に、今度はスーパーで転んで骨折して、また入院した。

やがて、父親は「要支援2」の次のレベル、「要介護1」になり、ゆっくりと「要介護2」になった。「要介護2」は、「立ち上がる時や歩く時に支えを必要とする状況」で、「食事やトイレ、入浴に手助けが必要」だった。僕がアマゾンで注文した車椅子が手放せなくなった。

母親は徐々に「リハビリをちゃんとすれば回復するんよ」と言わなくなった。反比例するように、母親の負担は重くなった。

寝る時も父親は紙おむつをつけていたが、隙間から大便が漏れたことがあった。夜中、臭いで目が覚めた母は、父親の服を脱がし、シャワーを浴びさせ、体を拭き、フトンを取り替えた。

父親は、この時のことが特にショックだったようだ。ずっと俳句を作っていたのだが、この時のことを詠んだ俳句を父のメモから見つけた。

「糞まみれこれがおのれか年暮るる」

その数年前、「要支援2」の時に作り、同人誌に送ったのは、

「痩せ細る妻の荷となる秋哀し」

だった。

父親は結局、「糞まみれ」の俳句を同人誌に送らなかった。

父親の希望になるかもしれないと、父親の作品集を作ろうと言ったこともあった。俳句とエッセーを集めて、一冊の本にするのはどうだろうと言うと、父親は少し嬉しそうな反応を見せた。

少しずつ、父親の作品を集めようとしたが、僕自身の忙しさにまぎれてなかなか進まなかった。

帰省すると、母親は父親の介護で疲れ果てていた。父親も依然として体調が良くなくて、朝食を食べた後、二人して、台所で寝ていた。母親は椅子の背もたれに身体を預け、父親はテーブルにつっぷしたままで。やがて、二人は昼過ぎに起きて、昼食を少し食べ

て、また台所で寝た。僕はただ、それをじっと見ていた。

母親が面倒を見るのは限界だと感じた。両親が共倒れにならないためには、父親が上原の家を出るしかないと思った。母親に言うと、「しょうがない」という顔になった。長男として、父親に進言した。父親は、意外にも静かにうなづいた。覚悟していたんだと思う。

「介護付き老人ホーム」は、ゲームや遊戯など、父親が気に入らなかったらどうしようと考えた。それに、父親は今行っているデイサービスをとても気に入っている。そこには通いたいという。

父親の希望を満たす方法はないかとケアマネージャーさんに相談すると、「サービス付き高齢者向け住宅」通称「サ高住」という施設を教えられた。トイレ付きの個室に住み、風呂など介護サービスを受けられ、食事は食堂で、夜中も何かあると職員が対応してくれる施設だ。下見に行き、ここにしようと決めた。

父親は、僕の言葉に黙って従った。いろんなものを飲み込んだ顔だった。上原に家を建ててから五十年後、八十七歳の父親は家を出た。

フトンや衣類、歯ブラシ、コップなどをまとめた。乗用車一台に収まる荷物の量が、僕が京都の予備校の寮に行った時と同じだった。

母親は一日おきに、父親の元に通った。タクシーで十五分ほどの距離だった。免許は返納していたし、昔歩いた家の近くのバス停は、八十五歳の母親には簡単に通える距離ではなくなっていた。無理してバス停まで行っても、父親の施設の近くをバスは通っていなかった。

一日おきに行き、父親宛の郵便物を渡し、洗濯物を引き取り、父親の欲しい物を聞く生活は、母親には重労働だった。

やがて、母は悲鳴を上げて、三日に一回、つまり一週間に二回に変えた。本当は、週一回で充分用が足りたが、二回にしたのは、母が父と話したかったからだろうか。それとも、昔ながらの妻の価値観なのだろうか。

母親と一緒に父親の部屋に行った時、母親は新聞を愛媛新聞から朝日新聞に替えたいと言った。父親は納得しなかった。それで母親は引き下がった。父親は「サ高住」の個室に住んでいて、上原の家に届けられる新聞を読むことはないのだ。それでも替えるのはダメだと言い、母親はそれを受け入れた。僕は何も言えなかった。

母親はバス停の近くにあるスーパーまで歩くのも疲れるようになり、買い物をすべて宅配の定期便に変えた。週に一回、食べたいものをチェックして、一週間後に受け取る。冷凍食品が主流で、味の濃いものが多いようだった。

僕と弟は時期を調整して、数ヵ月に一回、故郷に帰ることを続けていた。

まず、「サ高住」にひとり住まいの父親に会いに行き、父親の希望を聞く。体力はゆっくりと低下していたが、救いは、認知症の傾向がなかったことだ。頭はしっかりしていて、上原の家にいる時からずっと読書を続けていた。僕の役割は、父親の読みたい本を買うことだった。司馬遼太郎の『竜馬がゆく』や『坂の上の雲』、柴田錬三郎『真田十勇士』『徳川太平記』など主立った時代劇小説を読み終わり、『ハリー・ポッター』に手を出していた。僕は次は『ナルニア国物語』にすると約束した。

そして、上原の家に戻り、母の体調を聞き、一緒に宅配の食事を食べ、食器を母に代わって洗い、いろいろと話して一泊して帰るという生活だった。

二〇一八年の正月は、父親を家に迎えることにした。迎えに行くと、父親は個室でイヤホンをつけてテレビを見ていた。小さなテレビを電器屋から買ったのだ。

施設は、二十人近くの入居者がいたが、話し相手が見つかった様子はなかった。女性達は、食堂でそれとなく話し合っているが、男性達はみんな食堂でも独りだった。独りがいいのか、独りにしかなれないのか。

家に戻れて父親は嬉しそうだった。母親もホッとした顔を見せた。久しぶりに僕は父親をお風呂にいれた。以前よりも体力を使い、時間がかかった。

父は「要介護3」になっていた。「立ち上がりや歩行が困難で、日常生活全般に全介助が必要な状態」で、「排泄、入浴、着替えに全て介助が必要」だった。

正月の三日に「サ高住」に戻る時、父親は不満そうな顔は見せなかった。淡々と受け入れていた。母親の方が複雑な表情だった。自分が上原の家に住み、父親を施設の部屋に住まわせていることに妻として抵抗があるのだろうか。そんな気がしたが、口にはできなかった。

三月には、介護タクシーに車椅子の父親を乗せて、母親と三人で近くの公園に花見に行った。穏やかな時間だった。あと何回、満開の桜を見られるだろうと、僕は五十歳を超した頃から考えるようになった。若い頃には想像もつかない発想だった。父親も母親も、同じように考えていたんだろうか。


二〇一八年、十一月十一日、枕元に立つ妻の声で目が覚めた。ぼんやりとした頭で、妻が直接僕に話しかけるのは何年ぶりだろうかと考えていると、「弟さんから電話があって、おかあさんが脳梗塞で倒れたそうです」と妻は言った。

母親は、その数日前から肺炎で入院していた。風邪でつらいと、行きつけの病院を訪ねたら、初期の肺炎だと診断されてそのまま入院したのだ。

病院から弟に連絡があり、弟は僕の携帯と自宅に電話した後、すぐに福岡からかけつけた。しばらくして、母親の症状の連絡があり、一刻を争うものではないけれど、身体のダメージは深刻だと弟は言った。

一週間後、ようやく仕事を調整して故郷に戻った。

母親は病院のベッドで寝ていた。点滴の管が右腕から伸びていた。

体の左半分が麻痺していて感覚がなく、動かなかった。目も見えてなかった。白く濁った目は、焦点が定まらなかった。口も麻痺しているので、食事ができないし話せない。

「かあちゃん」枕元で呼びかけた。母親はうめくような声を出した。意識はあるんだと思った。

「かあちゃん、尚史だよ」大きな声で言うと、かすかにうなづいた。それだけでも、無性に嬉しかった。

医者は、脳のレントゲン写真を見せて、白く見えている部分が、脳が死んでいる場所だと説明した。かなりの部分が白かった。残念ですが回復は見込めないと、医者は言った。

信じる気持ちになれなかった。血液がめぐって、白く濁った脳がゆっくりと回復するんじゃないかと思った。

施設の父親に会いに行った。母親のことは、すでに弟が知らせていた。母親の状態を話すと、力なくうなづいた。

父親の「要介護3」を飛び越えて、いきなり母親は、「要介護5」になった。要介護認定の最高レベルだ。「寝たきりの状態で、日常生活全般ですべて介助が必要」で、「理解力低下が進み、意思疎通が困難」「食事やオムツ交換、寝返りなど介助がないと自分ではできない。話をしても応答がなく、理解が難しい」というレベルだ。

点滴だけでは栄養が足らないので、母親は一週間ほどして、鼻チューブに変えられた。母親に会いに行った時、偶然、鼻チューブを入れ直すところだった。母親は激しく抵抗した。

「かあちゃん！　栄養、取るためにチューブを入れないといけないの！　我慢して！」僕は何度も母親の耳元で叫んだ。

叫べば、母親の抵抗は少し弱まったように見えた。納得したのか、ただ僕の声に反応しただけなのか。

母親は鼻チューブが不快なのか、何度も動く右手で取ろうとした。病院は、母親の右手をミトンの分厚い手袋で覆い、鼻に届かないようにベッドに紐で固定した。それでも、何度か鼻チューブは外れて、入れ直す必要があった。

一ヵ月ほどたった時、僕と弟の二人が呼ばれ、胃に穴を開けて直接栄養を流し込むための胃ろう手術をするかどうか決めてほしいと医者に言われた。胃ろう手術を拒否することは、そのまま母の死を意味した。来る時が来たと思った。母の反応は、ゆっくりとなくなっていた。倒れてすぐの頃は、看護師さんが「じゃんけんするよ。じゃんけんぽん！」と言うと、動く右手をゆっくりと差し出して、チョキやグーやパーを見せた。

医者と会った後、弟と二人で「かあちゃん！」と叫んでも、以前ほどはっきりとした反応は返ってこなかった。

上原の家に戻ろうとすると、弟は駅前のホテルを予約していた。驚くと、「なんとなく、上原に泊まりたくないんだ」とぽつりと言った。

分かる気がした。父親と母親がいなくなった家は、ぽっかりと穴が開いたようで、その空白から思い出が溢れ出していた。それが、弟には重すぎたのだろう。

弟と別れ、タクシーで上原の家に戻った。鍵を出して、裏口から入ると、独りの台所だ。今、父親は施設の部屋でイヤホンをつけてテレビを見ているのだろう。母親は病院のベッドで半分白くなった脳で何を思っているのだろう。弟は、駅前のホテルで仕事をしているのだろうか。

そして、僕は台所で、母親がいつも使っていたヤカンでお湯を沸かし、お茶を飲む。静寂に全身が包まれる。しんとした台所で、「かあちゃん」と声に出してみた。廊下から「帰ってきたん?」と母親が顔を出すような気がした。父親が隣の居間でテレビを見ているような気がした。弟が玄関から「ただいま」と帰ってくるような気がした。

そして、子供時代の自分が、とんとんと階段を降りてくるような気がした。大人の僕の横を通りすぎて、「腹減ったー」と冷蔵庫を覗くような気がした。

冷蔵庫を開けると、母親が買い置きしている冷凍食品がたくさんあった。

明日の朝は冷凍うどんを食べようと決めて、風呂に入り、コンビニで買った一本千円の赤ワインを飲んで寝た。

弟と相談して、胃ろう手術の同意書を持って病院に行った。弟は年末で忙しく、僕だけだった。十二月二十六日、二〇一八年も終わろうとしていた。

ベッドに近づき、「かあちゃん。来たよ」と言うと、母親は「おたすけマンが来た」とつぶやいた。それが、母親が意味のある言葉を発した最後だった。

この時、病室には僕しかいなかったので、誰も、母親がそんなことを言ったと信じなかった。けれど、僕はたしかに聞いた。「おたすけマン」という表現は、母らしい言葉の遊び方だと思った。

六十日をめどに病院を退院して欲しいと言われて、施設をあちこち探した。「有料老人ホーム」と「特別養護老人ホーム」通称「特養」の何ヵ所かに当たった。夜、看護師がいて痰を吸引してもらえるかどうかが問題だった。いくつかの施設は、母の状態を見て、うちでは責任もって介護できないと言われた。

年が明けて、父親を車椅子のまま介護タクシーに乗せて、病院に行った。父親は枕元に近づいて母親の顔をはっきりと見ようとしたが、車椅子が入るスペースはなかった。母親の足元から「倫子《みちこ》！　かあちゃん！」と叫んだ。目立った反応はなかった。

しばらく見つめて、「帰ろうか」と父親に言った。父親は「顔が見れてよかった」とうなづいた。

六十日が来ても施設は見つからず、別の病院に移って探し続けた。ようやく、奇跡的に「特養」の空きが出た。

弟と交代で、月に一度はどちらかが母親と会うようにした。少しずつ少しずつ、確実に反応がなくなっていた。話しかけて、すぐにうなづくことはもうなかった。故郷に住んでいたら、毎日病院に来て、話しかけて、進行をゆっくりにできたのだろうか。

きっと聞こえているはずだと思って、いつも、いろいろと話しかけた。こんな仕事をした、こんなことがあった、こんなことを思っている。

面会を終えると、父親の住む施設に行った。父親に欲しいものを聞くと、いつも、「本と寿司」と答えた。例えば、アマゾンで取り寄せた『指輪物語』と、市内の寿司チェーンで買った寿司を持っていく。

父親に渡し、「調子はどう?」と聞く。

父親はただ「うんうん」とうなづく。

父親は、意識ははっきりしているが、耳がだんだんと遠くなっていた。補聴器を買ったが、父親は音が嫌だと言ってなかなか付けなかった。

補聴器がないまま、話は弾まず、いつも十分ほどで「じゃあ、行くね」と言ってしまう。母親とは倒れる前、いろいろと話せたが、父親とは昔からどうも会話が続かない。これが男同士というものだろうかとも思う。

そして、一人、上原の家に帰る。

台所で母親が買い置きした冷凍食品を食べ、風呂を沸かし、コンビニで買ったワインを飲んで二階のフローリングの部屋で寝る。

僕だけがいる上原の家で感じる静寂は、うるさい程の静寂だった。沈黙に言葉のない沈黙と言葉が溢れる沈黙があるように、静寂には空白の静寂と感情や思い出に溢れた静寂があることを身体の芯から知った。

弟は面会に新居浜に戻っても、毎回、ホテルに泊まった。一人だと上原の家は寒いし、風呂は面倒だし、食べるものもないと言いながら。僕は黙ってうなづいた。

弟は面会すると、僕にＬＩＮＥで「反応がだんだん少なくなってきたね」と報告した。僕も面会の後は、同じ文章を弟に送った。

そうして、母親が倒れて一年が過ぎた。


二〇一九年十二月十七日、いつもの面会のために飛行機に乗った。五日前、父親がかぜをこじらせて肺炎で入院したという知らせが弟から来ていた。

搭乗する前に「飛行機降りたら、病院に電話して下さい」というＬＩＮＥが弟から来た。松山空港に着いて、すぐにＬＩＮＥを見ると、「病院から連絡ありました。間に合わなかったそうです。十八時六分死亡確認だそうです」という弟の文章があった。

一瞬、空港の地面がぐらりと揺れた。

父親の遺体は、すでに病院から葬儀会館に移されていた。父親は、生前、葬儀会館の会員になり、自分の葬式のために、一定の金額を払っていた。

遺族控室に置かれた父親の死に顔を見た。八十九歳は大往生に入るだろう。ただ、五日前、入院した時は、「熱があるので念のため」みたいなニュアンスだった。見舞いに来た叔父とは二日前に会話したという。あまりにも唐突な死だった。

葬儀会館の黒いスーツ姿の男性が遺族控室にやってきて、「二、三時間ほどよろしいですか？」と丁寧に言った。手元には、分厚いファイルがあった。

二、三時間という数字に驚きながらうなづくと、葬儀会館の男性は、ファイルを元に、僕に質問を始めた。

まずは祭壇全体の値段を決めてほしいと言った。父親の申し込んだコースの金額はこれだが、さらにこの上にこんな金額のコースやこんなコースもあると言われ、それを決めると、次に祭壇に飾る花の値段を決めて欲しい、それが終わると次に祭壇に置く果物やお菓子の祭壇盛物の値段を決めて欲しい、それが終わると次に棺桶の値段を三万円から百万円までの間で決めて欲しいと言われた。

質問は終わらなかった。続いて棺桶にかける布の値段と棺桶を置く花布団と棺畳の値段と納棺のための必要物の値段と白木の位牌の値段を決めるよう求められた。骨壺は五千円から三百万円までの種類があると言われ、もう金額で死を考えることに疲れ始めていたので、五千円でいいですと答えると、父親が申し込んだコースでは七千七百円のものが用意されていて五千円を選んでも申し訳ないのですが差額は払い戻しできませんと言われ、会場に飾る花の数と値段を決め、会場に入る廊下の花の数と値段を決め、入り口の花の数と値段を決め、父に着せる仏着の値段を選び、霊柩車の値段を聞き、遺体用の保冷剤は三つは必要だと言われて値段を聞き、葬儀記録書の値段を聞き、献茶の数と値段を決め、葬式まで安置する布団とシーツと防腐消臭剤の値段を聞き、葬式の音響設備と司会進行と写真撮影の値段を聞き、遺影の額縁の値段を決め、会葬の礼状の値段と数を決め、線香とローソクセットの値段と数を決め、火葬場までのマイクロバスの大きさと値段を決め、ロージ・杖傘と仏榼と呼ばれるものの存在と値段を聞き、塔婆と六角塔婆の素材と値段を聞き、出棺時の帯止めの値段を決め、通夜に出す食事のランクと量を決め、霊供膳と呼ばれる会葬者の葬式当日の弁当の数と値段を決め、湯灌の値段を決めた。父が死んでまだ二時間たっていなかった。

葬儀会館の男性は、終始、穏やかな口調で説明を続けた。

葬式では、「当日返し」と呼ばれるものがある。これは、二千円から三千円のものが一般的である。そう言われて、「ワッフルとコーヒーのセット」を選んだ。タオルとか石鹸よりも、汎用性が高いだろうと、父を二時間前に亡くした頭で考えた。

この「当日返し」をまず葬式当日に、会葬者全員に渡す。香典には、半額を返す文字通り「半返し」というしきたりがあるが、香典が五千円の人には、これで充分である、と黒いスーツの男性は言った。

が、一万円以上いただいた場合は、四十九日までに「半返し」をしなければいけない。ただし、年末のバタバタした時期だとなにかと大変なので、この地域には、葬式当日に「会葬返礼品」を渡すという風習がありますと、男性は言った。

どういうことですかと聞くと、香典をいただいた時に、すぐに金額を確かめて、半額に相当するものをその場でお渡しするのですと言う。

一瞬、理解できなかった。もう一度説明を聞いて、会葬者の目の前で香典袋を開けて金額を確かめ、例えば二万円なら、半額の一万円分の缶詰やビールなどのギフトセットをその場で渡すということだと、ようやく分かった。

思わず「本当ですか？」と口から出た。葬儀会館の誠実そうな男性は真面目な顔で「利用される方は多いですよ」と答えた。

本当に哀しくない時は、その方法もあるだろうと思った。仕事とか義理とかつきあいで葬式に参列することも人生にはある。

すべての打ち合わせが終わった時には、三時間が過ぎていた。

今夜はどうしますかと聞かれて、父親と泊まりますと答えた。それが当然だと思った。

夜、父親と並んで寝ていると、嗅いだことのない匂いが漂って来た。これが死の匂いかと思った。

翌日、上原の家に戻り、アルバムから父の遺影用の写真を選んだ。さらに「式場でスライド紹介するために最大で十二枚」と言われたので、若い父から最近の父までの写真を選んだ。式場の入り口、花が飾られた横のスペースには「会葬者の方々に見せられる、お父様の何かがありましたら」と言われたので、写真が趣味だった父親の、引き伸ばして額に入れた作品を五枚ほど持ってきた。花や風景の写真だった。それに、父親の俳句が載った同人誌と。棺桶に入れる父の茶碗も求められた。

黒の喪服は葬儀会館でレンタルしているので、白シャツと黒ネクタイをチェーン店の洋服屋で買った。

その夜、弟もやってきて通夜をすませ、二人で葬儀会館に泊まった。父親の遺体は、丁寧にドライアイスに包まれていた。

翌日、朝十時から葬儀の打ち合わせをして、十二時の納棺の儀式の前に、東京から妻と子供達が来た。子供達は、父親の遺体を見て、ハッと息をのみ、緊張した顔を見せた。

僕が初めて見た死体は、祖父だった。今でも棺桶に横たわった祖父の顔をはっきりと覚えている。小学生だった僕は、祖父の死体を見て、この世に「死」というものがあるんだと知った。テレビやマンガや小説の中にあるファンタジーではなく、現実に「死」は存在するんだという事実を祖父は教えてくれた。人は死ぬという大切な教えだった。

今、父親は子供達に同じことをしているんだと思った。子供達は、死を目撃している。

十四時から家族葬を行った。親戚や近所、父親の友人関係の人達五十人ほどが集まり、長男として挨拶する時、涙が溢れた。穏やかな死に顔だったので、父親なりに充実した、生き切った人生だったのではないかと話した。

葬式が終わり、火葬場に向かい、二時間ほど待った。火葬場の人達も、とても親切で、父親の形に残った骨を骨壺にいれるように丁寧に教えてくれた。箸でつまんで慎重に半分ほどを入れると、骨壺はいっぱいになった。

残りはどうするのですかと問うと、火葬場の人は、「残ったお骨は丁寧に扱わせていただきます」と答えた。

つまりは、捨てるということだ。

後から調べてみると、西日本は半分ぐらいの骨を入れる。東日本、特に関東は大き目の骨壺で全部の骨を入れるという。

西日本のやり方になんの不満もない。骨は骨であり、半分残したからと言って、故人への感情が変わるものではない。

ただ、ちぐはぐな気持ちにはなる。丁寧に丁寧に、過剰なまでに失礼のないように、火葬場の人達はお骨を扱った。僕達も同じような態度を求められた。半分のお骨を大切に拾い、けれど半分は捨てる。

火葬場から戻ってくると、お坊さんがやってきて、初七日を執り行うという。最近は会葬者の都合を考えて、葬式の数日後に再び集まるのではなく、骨上げの日に、つまりは葬式の日の最後にやることが多いと葬儀会館の人は説明してくれた。初七日と呼びながら初七日ではないのなら、やめてもいいいんじゃないかと素直に思う。

お坊さんは意味が分からないお経を唱える。キリスト教の葬式に立ち会った時、牧師さんの言葉が分かることが衝撃だった。死ぬということ、死を受け入れるということ、神の下へ召されるということ。その言葉は魂に沁みた。

けれど、お経は分からない。法事に参加した子供の頃、それは最も苦痛を伴う我慢の時間だった。父親を亡くした今は、何が語られているか、知りたくてたまらない時間になった。お坊さんが死を悼んでくれていると分かるからこそ、知りたいと思った。

葬式の夜、弟と二人で香典の金額を調べ、分類した。明日、ギフトショップへ行き、半額に相応しいものを五千円分、一万円分、一万五千円分、二万円分それぞれに選び、それぞれの住所を書いて、四十九日の頃に送る手続きをする。

僕は家族葬だったから、五十人ほどですんだが、これが百人を超えたら、大変な手間だ。あまりに理不尽だと思って、後から調べると、「半返し」は一九七〇年代に広がったものだった。言ってみれば、これも「作られた伝統」だ。「香典返し」は、もともとあった風習だが、それは義務ではなく、葬式を出して、結果的にいくばくか残った時に感謝を込めて返したのだ。

結婚式で御祝儀と「引き出物」の釣りあいを考える参列者は多いだろう。では香典と「半返し」の釣り合いを会葬者は考えるのか。会葬者は、香典を半額、返してもらうことを当然と思っているのか。

肉親を亡くして悲しんでいる時に、なぜこんな作業が必要なのか。遺族は悲しんでる場合じゃない、悼んでる状況じゃない、それよりも会葬者のことを考えろということなのか。だったら、初めから香典は半額でいい。遺族を苦しめる「半返し」という縛りは、誰が何のために作り上げて、誰が得をするのか。

「半返し」のための作業を終えて、夜遅く、弟はホテルにチェックインし、僕は上原の家に戻った。妻と子供達は明朝始発で帰るためにホテルに泊まっている。

明日は弟と一番にギフトショップに行き「半返し」の注文をして、お寺に行き永代供養の手続きをして、「特養」にいる母親に会いに行き、父親の個室から父の生活品を上原の家に持って帰る。使う人のいなくなった電動歯ブラシやフトンや洋服が家に帰ってくる。「サ高住」と父親が大好きだったデイサービスの職員に深くお礼を言おう。父親の面倒を見てくれたからこそ、僕と弟は、東京と福岡で仕事を続けられたのだ。父親の介護に疲れ切ることなく適正な関係を続けられたのだ。

コンビニで買ったワインを台所で飲んだ。壁には、二度と使われなくなった父の帽子やジャケットがかけられていた。

いつもより、多めに飲んだ。

酔っぱらってもう寝ようかと思った時に、父親が廊下からひょいと顔を出した。車椅子に乗ってない、要介護になる前の父親だった。目をふせたままで、父親は言葉を探しているようだった。

「とうちゃん」思わず声が出た。

父親は何も答えず、黙って廊下に消えた。立ち上がり、ふらつく足で廊下に出たがもう父親の姿はなかった。廊下はしんと冷えていた。父親の声が聞きたかった。

母の枕元で父が死んだと告げても、反応はなかった。一瞬、「えっ?」と声をあげる奇跡を期待したけれど、何も起こらなかった。

それでも、一ヵ月に一回は、弟か僕が母の見舞いに行った。刺激を与えれば、進行が遅くなるんじゃないかと考えた。反応はなくても、聞こえているんじゃないかと考えた。

二〇二〇年二月、コロナが広がり、三月十六日まで面会ができなくなった。すぐに、禁止期間が三月いっぱいになり、五月十一日まで延び、五月いっぱいになり、六月一日には無期限の延長が施設から伝えられた。

八月には愛媛県内の在住者に限って面会が許されたが、僕の東京や弟の福岡は、感染者が増え続けていて無理だった。

どうしても母親に会いたくて、「ＰＣＲ検査を受けて陰性なら面会できますか？」と施設にメールを送ると、先方から混乱した返信が返ってきた。どうしていいか誰も正解が分からないのだ。余計なメールを送ってすみませんでしたと謝った。

十月、福岡のコロナの状況が落ち着いてきたので、弟が新居浜でＰＣＲ検査を受けるから、それで陰性なら面会させて欲しいと施設に頼んだ。最初は渋っていたが、弟が粘って、九ヵ月ぶりに母親とビニール越しに会えた。ＬＩＮＥのビデオ通話でつなごうかと弟は言ってくれたが、緊急事態宣言の隙間を縫うように公演があり、この日は、劇場で明かり作りの真っ最中で無理だった。

久しぶりに弟に会った母親は、施設の職員がびっくりするぐらい手を動かしたり反応した。

僕も面会できませんかと弟に聞いてもらうと、福岡は特例ですが、東京は絶対にダメですと苦しそうに言われたと、弟も苦しそうな顔で告げた。

母親に会えないまま十ヵ月がたち、十一月十三日、母親は高熱を出し施設から病院に移った。十九日、かなり危ない状態だという連絡が弟から入った。今日か明日かという状態らしい。東京で僕が作・演出をした芝居『ハルシオン・デイズ2020』が公演中だった。

すぐに行きたいがコロナだから会えないだろうと思っていたら、病院から面会の許可が出たと弟から連絡が来た。ありがたかったが、その言葉で母親の状態を理解した。僕は芝居の開演を見届けた後、新宿の紀伊國屋ホールを飛び出し、最終の飛行機に乗った。

新居浜に着いたのは、二十三時十五分を過ぎていた。病室からいったんホテルに戻った弟と一緒に病院の裏口に回ると、看護師が病室まで薄暗い廊下を導いてくれた。

十ヵ月ぶりに見る母は苦しそうだった。高熱で肺に水がたまっているという。呼吸器カップを口に付けて、ぜえぜえと息を吐くたびにプラスチックの内側が白く曇った。

「かあちゃん！　来たよ！　尚史だよ！」力の限り叫んだ。弟も叫んだ。十月に弟が施設で面会した時のようなはっきりとした反応はない。

一時間半ほど、母親の傍にいた。同じ容態が続くので、一度、戻ることにした。今晩だけは、弟と行動を一緒にするために、病院に近いホテルを予約した。

ホテルにチェックインして、寝ようと思っていた一時二十分過ぎ、病院から来てほしいという連絡が来た。

タクシーで向かうと、母親は冷たくなっていた。

脳梗塞で倒れて二年。ずっと意識があると思って話しかけてきた。でも、母からすれば、意識があるのに動けない、話せない生活を送ったことになる。辛かっただろう。苦しかっただろう。もどかしかっただろう。母ちゃんは、本当にがんばった。額に手を置いて、静かに「お疲れさま」と声をかけた。

八十八歳。ずっと面会のできないコロナ禍でも、最後の最後に会えたことを幸せだと思わなければ。

看護師さんが、あと三十分ぐらいで葬儀会館の人が来ると言いに来た。母親もまた、生前、葬儀会館のコースに申し込んでいたのだ。しばらくして、母親の遺体は葬儀会館の遺族控室に運ばれた。

葬儀会館の黒いスーツ姿の男性が入ってきて、「二、三時間ほどよろしいですか？」と丁寧に言った。深夜三時を過ぎていた。

すべての金額を決めた時には、朝六時に近かった。

二度目でよかったと思った。最初に深夜三時過ぎに、棺桶や花や弁当の値段を決めることを求められていたら、パニックになっていたかもしれない。葬儀会館の人に問題はない。恨みもないし、悪くもない。とても誠実に説明、対応してくれた。問題は、「現代の葬式というシステム」だと思う。両親とも、子供達の手間を省き、迷惑をかけないように、生前に自分達の葬式を申し込んでくれた。葬儀会館の人も、遺族の負担を減らすように、細かくいろんなことを決めるように導いてくれる。

だが、それは死を悼むことと、どんな関係があるのか。

打ち合わせが終わって、そのまま、弟と一緒に母親の横で寝た。母親からは死の匂いがしなかった。ずっと寝たきりで生命力を燃焼し尽くしたからだろうか。

通夜を弟にまかせて、一度、仕事のために東京に戻った。どうしても断れないテレビのレギュラーの収録だった。プロデューサーから「今日は疲れてますね」と言われて、「すみません」とだけ返した。「母親が昨日、亡くなりまして」とは言えなかった。

翌日の葬式のために、夜遅く、また新居浜に戻った。父親も母親も通夜のために死化粧をした。その値段も決めた。顔色もよくなって、頼んでよかったと思った。母親の場合は、女性なので、葬式の朝にもう一度、化粧をするというオプションがあると勧められた。

お願いすると、葬式当日、棺桶の中に横たわる母は見たことのない顔になっていた。母は普段から薄化粧の人だった。葬式の打ち合わせに忙しく、最後の死化粧に立ち会えなかったことを後悔した。会葬者も、母の顔を見て、首をかしげる人が多かった。

父親と違って、母親の場合は、いつかは来るだろうという心構えができていた。それでも、挨拶している時に涙が溢れた。

父親の死の後、僕なりにいろいろと調べてみた。通夜があり、葬式があり、初七日、四十九日、百ヵ日、一周忌、三周忌と「儀式」が続くのは、昔は若くして死ぬ人が多かったからではないかと考えた。唐突な死や早い死を遺族が受け入れることは難しい。だから、何度も何度も儀式をして、死を納得する。

それはよく分かる。父親の死の場合、通夜と葬式でようやく気持ちの整理がついた。八十九歳という大往生だったが、それでも、二回の儀式は必要だと思った。母親は脳梗塞で倒れた時から、気持ちの準備はできていた。それでも、二回は必要だった。

だが、もし自分の子供達が自分より早く死んだとしたら、二回の儀式では足らないだろうという予感がする。

火葬場から戻ってきた時に初七日を前倒しでやるということも拒否するかもしれない。心が儀式を決めるのであって、儀式が心を決めるのではない。でも、今は儀式が自動的に心を決めている。

香典の額を調べ、半返しの金額を決めた後、弟はホテルに、僕は上原の実家に戻った。夜、台所でワインを飲みながら、母親が廊下から顔を出すのを待った。ずっと待って、飲み続けた。黒マントさんにもう一度会おうとした女の子のことを思い出した。黒マントも母親も現れないで、知らないうちに椅子に座ったまま寝ていた。


上原の家は、建ってから五十三年過ぎて、住む人が誰もいなくなった。

不動産屋に連絡して売ることにした。そのためには、まずは「遺品整理」をして持っていく物と手放す物を決める必要があった。

書画骨董のたぐいは何もなかった。生涯一教師だった両親は、そういうものと無縁だった。両親の服や食器、フトンなどは手放すとして、困ったのはアルバムだった。

写真全部を持っていくと膨大な量になる。両親と僕と弟が写っている写真は、弟と二人でなるべく持って行こうとしたが、両親の若いころや両親の友人達と写っている写真はとても無理だった。

特に父親は写真マニアだったので、毎年、受け持った子供達の写真を大量に撮っていた。若い父親が、子供達と走り、笑い、語り合っていた。

写真をすべて持っていけないのは、どうにも辛かった。

さらに、父親は、週に一回発行していた「学級通信」もすべての年を保存していた。「よしお君が逆上がりができるようになりました」「みんなで社会科見学に行きました」と父親の手書きの文字で綴られていたが、手放すしかなかった。

母親は百枚以上の絵を残していた。間違いなく母親の思い出だが、どうしようもなかった。二〇二一年の夏、息子二人はようやく気持ちの整理をつけて、弟は母親の絵二枚と来客用の食器を一セット持っていった。

僕は離婚が決まり、独り暮らしを始める所だったので、母親の絵四枚と冷蔵庫と洗濯機、電子レンジ、食器、鍋、ヤカン、箸、スリッパなどを持っていくことにした。偶然とはいえ、上原の家で使っていた食器や家電が東京の新しい家で使えることがなんだか嬉しくて切なかった。

その後、遺品整理の会社に見てもらった。買い上げ額は、全部で二十三万七千五百十円だった。マッサージチェアも大型テレビも七年以上前の家電には値段がつかないと言われた。母親の十八金や二十四金のネックレスの束が十八万円で、残りは少数の食器や人形、母親がもらった絵などだった。

父親の大量の蔵書が残った。どうにも納得できなかったので、段ボール十九箱に本を詰めて、新古書店に送った。父の蔵書で、最後の最後まで読んでいた『ナルニア国物語』や『指輪物語』などもあった。ついた金額は、十九箱で二千七百六十円だった。

不動産屋の男性は、室内を見回して、築五十四年にしてはきれいに使っているので、まずはこのまま売りに出してみましょうと言った。

ただ、家を見てもらう時に、生活感があるとなかなかいい印象が得られないので、家財道具全般を処分しなければいけませんと付け加えた。

「どうやって処分するんですか?」と訊ねると、「産廃業者に頼むんです」不動産屋はさらりと言った。「産廃」という言葉が胸に突き刺さった。

産廃業者の見積もりは三十九万六千円だった。

遺品買い取りよりも十五万円も高い金額で、両親が写った写真も母の絵も学級通信も手紙も服もフトンも食器もテレビも帽子も鍋も棚も扇風機もベッドもソファーも化粧品も電動歯ブラシも花瓶も人形も座布団もすべての思い出も「産廃」になる。


二〇二一年十二月八日、明日は産廃業者が全てを引き取るという日、最後にもう一回だけどうしても上原の家に泊まりたくて戻った。

タクシーを下りると、玄関前に青色の産廃のトラックが止まって、誰もいないはずの玄関の灯がついていた。

慌てて裏口に回り、「すいません！」と声をかけながら台所に上がった。

紺色の作業服を着た男が一人、戸惑った雰囲気で廊下から現れた。マスクをしているので正確な表情は分からない。

「作業は明日からと聞いてるんですが」思わず声に力が入った。

よく見れば、作業服の男は土足だった。

「明日の作業の下見に来たんです。明日の手順の確認に」男は奇妙に丁寧な口調で説明した。

「あ、商品券がありましたから」男は台所の椅子の上に置いてある封筒を指さした。

もう一人、土足の男がまた廊下から現れた。

「今日下見に来ることも、土足のことも、全部、不動産屋さんに伝えていますから。了解を取っていますから」慌てた口調だった。

黙っていると、「それじゃ。明日」と逃げるように二人は裏口から出て行った。

台所を見回すと、すべての引き出しが開けられ、いくつかの中身が無造作に床に広げられていた。

明日、産廃としてすべてを処理する前に、金目の物を物色していたんだなと思った。すべての引き出しを開けて、商品券を見つけて、持って帰る前に僕がきたから慌てたんだ。

不動産屋には、数日前には家を空けると伝えていた。

けれど、乱暴に開けられた引き出しを見ても、不思議と腹は立たなかった。

今日、僕が帰らなければ、彼らはゆっくりと家の中を探し、産廃というゴミになる前に価値のあるものを持って帰る。それは、なんだか、現代の最後の遊び場のような気がした。産廃業者だけに許された宝島のような。子供の頃もぐり込んだ棟上げ式後の新築家を思い出した。それは、子供だけに密かに許された遊び場だった。

もう一度、家の中のあらゆるものを見て回った。持っていけるものはないのか、忘れているものはないのか。

父親が母親と結婚する時に渡した原稿用紙に書かれた「約束」というものを見つけた。父親の家族に遠慮しないで先に風呂に入りなさいとか、僕が帰るのを待たないで食事しなさいとか、どんなことがあっても仲良くやっていきましょうとか書かれていた。

この文章も産廃になる。すべてを持って帰ることはできない。

屋上に寝ころび、居間の畳に寝ころび、マッサージチェアに座って母親の匂いを嗅ぎ、洋間のソファーに身体を沈め、父親の書斎の椅子に座り、両親のベッドに転がり、勉強部屋から四国山脈を見上げ、中学校を見下ろした。

産廃になるアルバムの写真をもう一度見直し、母親の絵をすべて見て、父親の俳句同人誌をパラパラとめくった。

　お風呂場のタイルを触り、廊下の手すりを触り、階段の壁を触り、居間の畳を触り、屋上の手すりを触り、洋間のカーペットを触り、靴箱を触り、父親の「写真パネル」を触り、「学級通信」を触り、食器棚を触り、両親の枕を触り、洋服を触り、母親の化粧品を触り、父親の帽子を触り、お茶碗と湯飲みを触った。

　庭を歩き、柿の木と蜜柑の木と枇杷の木と檸檬の木と無花果の木を触った。

　全部の部屋をもう一度回り、一枚一枚、細かく写真に撮った。

　それでも気持ちは収まらなかった。

　夜、台所でコンビニで買ったワインを飲んだ。この家で飲むのは、今日が本当に最後だと、ゆっくりと飲んだ。夜中の一時過ぎ、父親が廊下から顔を出した。

「全部、捨ててしまうんか？」父親は寂しそうな顔をした。

「捨てるしかないんだ。僕の家には持って帰れない」

「ええ写真がいっぱいあるんじゃけどのお」父親は納得しなかった。

　なんて言えばいいか分からなくなっていると、母親の声が聞こえてきた。

「そんなこと、言わんの」母親も廊下から顔を出した。

「わたしらのこまごまとしたもんがあっても、尚史さんの邪魔になるだけよ」母親は微笑んだ。

「けど、花の写真はきれいなのがよおけあったじゃろ。中国旅行の写真もええのあったし」父親の言葉が強くなった。

「しょうがないじゃろ」母親はやれやれという顔で言った。

「母ちゃんの絵は四枚、持って帰るんじゃろ。わしの写真は全然、持って帰らんのはおかしいわ。パネルにしたきれいな写真があるじゃろ。石鎚山《いしづちさん》の冬景色とか百日草の赤い花とか」父親は頑固な顔で言った。

僕はうんうんとうなづいた。

「わしの作品集も作ろうかって言ったやろ。俳句とエッセー集めて。あれはどないしたんや」

「ごめん」僕は大きな声で言った。

父親が口を開く前に、母親が父親の手をゆっくりと引いた。父親は頑固な顔のまま一瞬迷い、やがて母親に従った。二人は、台所を出て廊下を曲がった。椅子から立ち上がり、追いかけると、二人は廊下を進み、寝室へと消えた。

この家がある限り、いつでも二人に会える。台所で、この家の空気を一杯に吸い、コンビニで一本千円の赤ワインをたっぷり飲めば、僕はいつでも母ちゃんと父ちゃんと話すことができる。

でも、明日、この家はこの家ではなくなる。

人の記憶を産廃にして、がらんどうの空間になる。

僕は酔っぱらった頭のまま、バッグからノートパソコンを取り出して、この家の物語を書き始めた。今から五十四年前に始まった緑の家の物語を。

二ヵ月間、僕はすべての仕事を止めて書き続けた。その間、がらんどうの家は売りに出され、ネットでも紹介された。

僕は時々、ネットの広告を見た。建物のまま売れて欲しいという気持ちと、売れないで更地になって欲しいという気持ちと。中身は違っても家は残った方が嬉しいのか、誰かが住むこの家はもうこの家じゃないから更地にした方がいいのか、どっちを望んでいるか分からなかった。

二〇二二年の初春になり、家が建ってちょうど五十五年が過ぎた。買い手はつかず、不動産屋は、家を取り壊し、更地にして売り出した方が良いと連絡してきた。

その電話があった夜、僕は上原の家の物語を書き終えた。

東京都新宿区
早稲田鶴巻町
大隈講堂裏

1

大学二年の四月、大隈《おおくま》講堂の裏広場に通じる鉄扉を押した。二十歳だった。高さ二メートル弱、幅二メートル強の観音開きの表面は、何重にも貼られた演劇と政治のビラが朽ちて破れ、鼠色の地肌が所々鈍く光っていた。

目指す演劇サークルは、新人説明会の場所を「大隈講堂裏」と立て看板に書いていた。ゆっくりと伸ばした手に伝わるのは、安易な気持ちでここを通るんじゃねえと凄んでいるような軋《きし》みだった。心臓の鼓動が高まった。

扉を抜けると、左手に大隈講堂の裏側が見えてきた。正面の華やかさと違い、苔むした石造りの壁だった。右手は、廃材置き場のようだ。さらに進むと、「劇団木霊」という看板とブロック作りの建物が見えてきた。目指すサークルは、ここではない。

さらに、奥の空間へと通じる小道が延びていた。細い道の右側には、材木や壊れた舞台装置らしきものが、危ういバランスでうずたかく積み上げられていた。左側は、高いブロック塀だった。色褪せてはいたが、ペンキでさまざまな文字が書かれていた。「革命」「闘争」「反帝」「粉砕」消えかかり読めない文字もあった。

体が自然に強張ってくる。本当にこの道を歩いていいのかと、歩みが遅くなる。

小道の先に広場が見えた。周りをビルで囲まれた、高校の普通教室ふたつ分ほどの広さだった。大隈講堂の裏に、こんな空間があることが驚きだった。

身構えながらゆっくりと近づけば、広場のコンクリートは所々剝げて波うち、茶色い土がむき出しになっていた。

広場の真ん中に、低い長椅子が何個か並べられ、学生達が座っていた。対面する形で置かれた長椅子に、大柄の男性が座っていた。強いパーマなのかくせっ毛なのか髪が丸く大きく広がり、口の周りに豊かなヒゲがあった。どこかヒッピー文化の残り香を感じさせた。僕が参加したくても参加できなかった六〇年代の匂いだ。六〇年代に憧れる自分に強く反発し、反発しながら惹かれ、過去に溺れようとする自分を未来に引き上げようと軋む感覚。

冗談じゃない。一九六〇年代は遠い過去なんだ。来年は一九八〇年。八〇年代が始まるんだ。ヒッピーなんて言っている場合じゃないんだ。

「それじゃあ、早稲田大学演劇研究会の説明会を始めます」ヒゲの男性が口を開いた。

僕を含めて十人ほどの学生が同時に顔を向けた。ここで良かったんだと安堵して、長椅子の端に座った。

「我々は演劇をこう考えている」「演劇研究会はこういう活動をしている」「我々が今、目指す演劇はこういうものだ」彼は熱く語った。周りの新入生達は小さくうなづきながら聞いていた。

何かを言いたいと思った。僕だって中学二年から高校三年までの五年間、部活動だが演劇をやってきたんだ。演劇サークルの説明会の相手に、何かを言えるだけの蓄積はあるはずだ。

演劇が誰に向けて創られているかという時、彼は「観客を創造する」と語った。その考え方は傲慢《ごうまん》ではないかと発言した。彼は、反論されたことが少し意外という顔をして、「優れた作品は、観客を創り出す。それが芸術の力だ。我々が優れた舞台を創れば、観客を次々と創造することができるのだ。それが、我々が求める観客だ」と念を押した。

「それが、我々が求める観客だ」という言い方に、さらに傲慢を感じた。観客が我々を選ぶのであって、我々が観客を選ぶのではない、と言い返した。

小さく何度かの応酬があって、最後は少しお互いが興奮した。

四十分ほどで説明会は終わった。演劇研究会に入会を希望する人は、明日からジャージを持ってここに来て下さいと、彼は言って解散になった。

立ち上がり、広場を出た。一刻も早く、この場を去りたかった。鉄扉を抜けると、目の前には、高田馬場行きのバス停があった。

高田馬場駅に着いて、駅前にある埃っぽい映画館に入った。一人になりたくて、けれど、このままアパートに帰ったら、あまりにみじめでどうにかなりそうで、にぎやかな場所で孤独になりたかった。

去年、大学に入学して以来、何度か入ったことのある暗闇だった。いつも人は少なく、小便の臭いが微かに漂う空間だった。

人の気配のしない客席で、自分の頭を何度も拳で小突きながら「からっぽだなあ」「からっぽだなあ」とつぶやいた。自分が恥ずかしかった。反論することで、自分を主張しようとした自分が恥ずかしかった。反論のための反論をしてしまった自分が、心底、やばいと思った。

一年、京都で浪人して早稲田に入り、さらに仮面浪人をして東大を受けて落ちた。浪人は経験する意味があったと思っていたが、この一年間は結果的に無意味な時間だった。このままだと、お前は何者にもなれないぞ。東大の不合格を突きつけられて以来、この言葉が胸の奥で響いていた。

何者かになりたい。だからまた、演劇を選んだ。何もしないまま大学二年になったが、自分には五年間の演劇の蓄積がある。よく知った演劇なら、一年の遅れを取り戻すことができるかもしれない。

早稲田の演劇関係の資料を調べ、「自由舞台」という伝説の劇団に入ろうとした。「自由舞台」という名前がなんともかっこ良かった。自由な舞台、舞台の自由、文句のない劇団名だと思った。でも、探しても探しても見つからなかった。やがて、風の噂に学生運動の時代に解散したことを知った。激動の時代には、公演ではなく、街に出て行く必要がある、と決めたらしい。

次に「早稲田大学演劇研究会」を知った。名前に圧倒的な権威を感じた。愛媛から出てきた無名の二十歳の若者が何者かになるためには、必要な権威だと思った。

だから、重い鉄扉を押して、乱雑に散らかる広場への小道を歩いた。小道も広場も、壊れた装置や釘が刺さったままの材木やコンクリートブロックの破片やペンキ缶や破れた紙や弁当屋の白いフタ付き容器と食べカスのごはんやおかずなどが散らばっていた。「青春をエンジョイするサークル活動」を求める人間は、間違いなく嫌悪する空間だろう。

でも、何者かになりたいから、乱雑な小道を歩き、汚れた広場の長椅子に座り、説明を聞いた。なのに、自分を主張するためだけに反論した。言いたいことがあるからではなく、自分がいることを主張したいから反論した。

翌日、浪人時代、寮の部屋着にしていた体育ジャージを持って、大隈講堂裏に行った。

2

集合時間はお昼の十二時。先輩が十二、三人。僕を含めた新人（新入生はこう呼ばれた）が七、八人。コンクリートと土が混じる広場で軽くストレッチをした後、先輩達は早足に駆け出した。慌てて後を追った。

鉄扉を飛び出し、早大通りを右に進み、早大正門前を左に曲がって南門通りを馬場下交差点に向かい、馬場下交番から穴八幡神社、文学部の前を通り、戸山公園の中を駆け抜けた。常にハイペースのランニングで、あっと言う間に先輩や新人男女全員に抜かれ、二十人ほどの列の最後尾になった。

浪人で一年間、仮面浪人で一年間、計二年間、まったく運動をしていなかった。体は完全にポンコツになっていた。

戸山公園の広いグラウンドに入ると、先輩達は突然、全力でダッシュし、そのまま、二十三区内で一番高い山と説明を受けた「箱根山」の頂上に至る階段に向かった。

必死でダッシュした後、頂上に向かう山道を走っていると、三十分ほど前に食べた立ち食いうどんが胃の奥からせり上がってきた。目の前を新人達が必死で駆け上がっていて、とても立ち止まれる雰囲気ではなかった。もし立ち止まると、ランニングの列を見失う可能性もあった。初めてのコースで、行き先が分からなくなるほど悲惨なことはない。

走るしかなかった。必死に唾を何度も飲み込んで、上がってくるものを沈めようとした。固まりが食道にぶつかり、喉の奥が刺すように痛んだ。固まりが上がってくる。道に吐いてはいけないと瞬間的に思った。山道の両脇は、低木と草むらに囲まれたむき出しの野原だった。とても山手線内にある新宿区の風景には見えない。

足をもつれさせながら、山道の脇の草むらに上半身を押し出した。道から離れた場所に吐くしかなかった。

大隈裏の広場から十五分ほど走って、箱根山の頂上に着いた。コンクリートが敷かれた、小高い丘という印象だったが、立ち上がれば都会の街並みが広がり、新宿の高層ビルがそびえ立っていた。

都会のパノラマを前にしても、少しもさわやかな気持ちにはならなかった。それどころか、大学の近くに二十三区内で一番高い山があるからランニングの目標になるんだと、箱根山に敵意を持った。

この作品を書くために、念のために調べてみると、二十三区内で一番高い山は港区にある愛宕《あたご》山だとネットに出ていた。そんなバカなと驚くと、愛宕山の標高は二十五・七メートル。一方、箱根山は四十四・六メートル。どういうことだとさらに調べると、箱根山は、江戸時代に作られた人造の山だという。芝にある愛宕山は自然の山だ。人造の築山は、十八・九メートル高くても、天然の山に一位を譲らないといけないのだ。

この事実を知って、急に箱根山が愛おしくなった。ずっと「箱根山＝一番高くて苦しい」というイメージしかなかったが、「箱根山＝栄光なき無冠の苦しさ」というイメージに変わった。箱根山、久しぶりに登ってみようか。

ほんの数分、箱根山の頂上で休憩したら、先輩達は、駆け足で階段を降り始めた。戸山公園のグラウンドでまた全力ダッシュし、そのまま同じルートで、大隈講堂の裏ではなく、大隈講堂の前に集まった。

馬場下交番から続いた南門通りは、大隈講堂前で大隈通りと名前を変えている。

大隈講堂は、早大の正門から入る広いキャンパスではなく、正門の外側に大隈通りを挟んで、大学の象徴としてそびえ立っていた。

見上げれば、高さは二十五メートルぐらいか。横幅は三十メートル以上は優にあるだろう。薄黄色の巨大な直方体を横にしたような形の壮麗なゴシック建築だ。

その左側は、尖塔の形になった時計台が直立している。幅は約十メートル、尖塔の頂点までは約三十八メートル。巨大な直方体の中には、客席数約千百の大講堂と約三百の小講堂がある。

大隈講堂の前には、大型バスが十台は並べられるぐらいの広場があった。大講堂の客席数が約千百人だから、参加者の多くが、行事やイベントの前に待ち合わせしたり、終わった後、談笑できるスペースを作ったのだろうか。じつに贅沢な空間だ。やがて、大講堂ではなく、この広場に無許可でテントを建てて、芝居をしようという冒険が始まるのだが、それは後の話。

新人だった僕は、そんな野望を持つ余裕もないまま、胃の中のものをすっかり吐き出してふうふう言いながら、一番最後に広場にたどり着いた。先輩達は、大隈講堂前のコンクリートにぐるりと円形に寝転がり始めていた。新人達も慌てて、円形に並んだ。二十人以上が寝ころんでも、広場のほんの一部を占めただけだった。

すぐに腹筋運動が始まった。一人十回、先輩から円形に並んだ順に声をかけていく。全員が円の中心に向かって、上半身を起こした。当然、誰が起き上がれて、誰が起き上がれないか、先輩達にはよく見えた。

起き上がれない新人を、先輩達が怒ることはなかった。その代わり、腹筋の掛け声が小さいと、「聞こえない！」と声が飛んだ。

声は出たけれど、なかなか起き上がれなかった。腹筋に自信はなかったが、起き上がれなさが異常だと感じた。体を起こそうと苦しみながら、妙な違和感を覚えた。寝転がった時に、体の角度が微妙に違う。何度も周囲を見回して気付いた。

コンクリートの広場は、大隈講堂の入り口から大隈通り側に向かって、ゆっくりと傾斜していた。広場に降った雨を大隈通り沿いの側溝に流し込むためだろう。ゆるやかに傾いている広場に、先にランニングから到着した人間は、頭を大隈講堂側、足先を大隈通り側にして寝ころぶ。そこが円の頂点で、時計で言うと十二時の部分にあたる。この場所は、足先の方向に向かって広場はゆっくりと下がっている。頭が高く、足が低いのだから、当然、腹筋はしやすい。

が、ランニングで一番遅れた僕が寝ころんだのは、時計で言う六時の部分だった。頭が大隈通り側、足が講堂側。つまりは、頭が低く、足が高い。頭と足では、体の厚み一つ分ぐらい高さが違っていた。ランニングの終わり、大隈講堂の広場が近づくと先輩達の走る速度が上がったのは、理由があったのだ。

体の厚み一つ分の落差ぐらい関係ないだろうと、あなたはこの文章を読みながら思ったかもしれない。それは、この文章を読みながら、あなたが傾斜した場所で腹筋をしてないからだ。どこか、ゆるやかに傾いた場所を見つけ、この文章を読みながら百回腹筋をしたら、僕の苦しみはいっぺんで理解してくれるだろう。

円の六時の場所では、二度と腹筋はしないぞと決意したが、この日以降、ランニングの最後列が僕の定位置になり、悲しいけれど六時も定位置になった。

起き上がる腹筋を十人、つまり百回やった後、足を上げたままの静止腹筋が百回続いた。男女の区別はなかった。次に、体を横にして起き上がる側筋が左右百回ずつ。うつ伏せになって体を反る背筋が百回。そして腕立て伏せが百回。どれも円形のまま、男女関係なく、順番に十回ずつ声を出した。さらに起き上がって、ヒンズースクワットが百回。じつは、背筋辺りから、意識がもうろうとしてきて、何をしているのか分からなくなっていた。

次のメニューは、立った姿勢から後ろに倒れ、体を両手で支えた形でのブリッジだった。先輩達は、ゆっくりと後ろに体を反らしてブリッジを始めたが、新人達はコンクリートに寝ころび、そのまま、両手両足でえいやっと体を持ち上げて作った。そのまま前に十歩、後ろに十歩移動しろと言われるのだが、大隈講堂が逆さまに見えるだけで動けない。

先輩達は、「じゃあ、片足を上げて」とブリッジをしたまま言う。上がらない。

こうして、先輩達が「身訓」と呼ぶメニューが、ランニングの後、一時間ほど続いた。「身訓」はもちろん「身体訓練」の略だ。

ヒッピー風のヒゲの先輩が「『肉体訓練』じゃないんだ。俺たちは自分の体を『肉体』ではなくて、『身体』と考えている。肉体は、筋肉と骨でできた体だ。だが身体は、精神と不可分につながった体のあり方だ。我々は『肉体性』ではなく『身体性』を獲得し、磨かなければならない」とくり返した。分かったようで分からなかったが、なんとなくイメージはできた。「身体性」という言葉は、いろんな所で注目され始めていた。

「身訓」の後は、休む間もなく、発声練習。横に長い大隈講堂の正面階段に、全員が一列に並んだ。二十人は楽に並べる広さがあった。

「大隈講堂の壁に向かって逆立ち！」と先輩は叫んだ。慌てて必死で逆立ちした。壁に足を預ける形なので、かろうじて、逆立ちを維持できた。

「せ〜の！」と一人の先輩が叫ぶと、先輩達は「思いこんだら試練の道を〜」とアニメ『巨人の星』のテーマソングを逆立ちしたまま歌い始めた。「身訓」で体がボロボロになっているので、やっぱりこの状態に対する批評精神はない。十メートル以上幅のある大学の正門が逆さまに見えた。正門を通る学生や大隈通りを歩く学生が、不思議そうにこっちを眺めている。腕立て伏せとブリッジで疲れた手がプルプル震えた。

逆立ちが終わると、早大正門側に向かって中腰になり、長い列の端の先輩が、「アエイウエオアオ」と声を出し、全員が声をそろえてくり返した。その隣の先輩が「カケキクケコカコ」と言い、また全員が続けた。ワ行の後に鼻濁音のガ行と通常のガ行までいくと、今度は「アイウエオ、イウエオア、ウエオアイ、エオアイウ、オアイウエ」と先輩が言い、全員が続けた。次の先輩は「カキクケコ、キクケコカ、クケコカキ、ケコカキク、コカキクケ」。一文字ずつずらして発声しているんだとようやく気付く。頭の中でずらしながら声を出すので、先輩達から遅れてしまう。

最後に一人一人が早口言葉を言って、全員がくり返した。早口言葉をよく知らない新人は、「生麦、生米、生卵」でお茶を濁した。僕は「隣の竹垣に竹立てかけたのは、竹立てかけたかったから竹立てかけたのだ」と叫んだ。それで、「発声練習」は終わった。

声を出し続けて、ノドがヒリヒリしたが、ランニングに出発して、ここまで、水はまったく飲んでいない。水を飲むという発想がなかった時代だ。

僕が二十歳の頃は、「運動中に水を飲んではいけない」という指導が大真面目な顔で流通していた。体育も部活も、「水分補給すると疲れる」という、今から思うと訳の分からない言葉で水は禁止だった。よくまあ、運動中に死人が出なかったと思う。いや、全国では不幸な事故は起こっていたはずだ。

3

先輩を先頭に、もうろうとした頭と足どりで、大隈講堂裏に戻った。演劇サークルというより、間違いなく、厳しい体育会のメニューだった。

ただし、疲労でボーッとした頭には、「話が違う」とか「これが演劇サークル？」という疑問は浮かばなかった。カルト宗教が、脱会者を出さないために、とにかく募金活動や霊感商法の勧誘に信者を動員し、疲労から批判精神を奪い取るのと同じ構図だろうか。違うと言いたいが、ちょっと似てるところもあるか。

十分間休憩したら、新人は、午後二時から先輩劇団の手伝いをするようにと言われた。入会説明会の時に、「早稲田大学演劇研究会」略して「劇研」のシステムについて説明を受けていた。

「劇研」は以前は、団体として一つの企画を上演していた。だが、五十人近くが所属する集団で一つの演目に決定することは非常に難しかった。何人もの演出家志望者や作家志望者が「これをやりたい！」と手を上げたのだ。必然的に、誰の台本を選び、誰が演出するか、大問題になる。

入会して気付いたが、二学年上の先輩がほとんどいなかった。その学年の演出志望者が、同期を集めて上演を求め、上と下の学年が大反対し、大揉めに揉めた結果、その学年の大半がやめてしまったという。

どの台本が優れていて、どの演出家が有能かを言葉にするのは難しい。体育会系と違って「記録や数字」という明確な基準がないからだ。結果的に、どの台本がダメか、どの演出家が無能かという否定の言葉が乱れ飛ぶことになる。残るのは、修復不可能な関係だけだ。「劇研」は、分裂・脱退・誹謗・中傷の嵐が続いたのだ。

だが、いつの時代にも賢い人物がいるもので、混乱の後、『劇研』でひとつの作品を上演するのをやめて、劇団のようなものを内部にいくつか認めて、それぞれが上演して、相互批評するようにしないか」と提案した人物がいた。

劇団と呼ぶのは、「劇研」の中では強烈すぎるので（実際は、「劇団」そのものなのだが）、「アンサンブル」と呼ばれるようになった。まあ、「集まった者」ということだろう。

僕が入会した時は、アンサンブルは二つだった。

二週間後に公演がある「九月会」というアンサンブルの手伝いを新人達は始めた。裏広場に集められて「この垂木《たるき》を切ってくれ」とか「この厚《あつ》べニにステインを塗ってくれ」だの、いきなり、専門用語（？）を交えた指示が次々に飛んだ。作業は夜十時まで続いた。広場には、水銀灯がついていたので、ずっと作業ができたのだ。

鉄扉から続く小道から入って、あらためて広場を見回せば、左側（方角としては北）には、八つのサークルが集まる部室があった。細長い形から「大隈裏長屋」とか単に「長屋」と呼ばれた。「劇研」の部室もその中にあり、入り口が一・五メートル、奥行きが三メートル弱の狭くて細長い空間だった。

この部室の棚に荷物を置き、ジャージ（先輩は「身訓着」と呼んだが）に着替えて、毎日、ランニングに出発した。

広場の奥（東側）には、劇研のブロック造りの建物、通称アトリエがあった。二メートルの観音開きが入り口で、縦十三・五メートル、横六メートルという大きさだった。半分を舞台にして、半分を客席に区切ると、八十人前後は座ることができた。

「九月会」に所属している先輩俳優達は、ここで芝居の練習（新人達は外の広場で作業）。客席の半分には、照明機材（ライトやケーブル）や音響機材（スピーカーやアンプ）、平台《ひらだい》と呼ばれる舞台設置用の部材が置かれていた。

小道から見て、広場の右側（南）には、ブロック塀に張りつく形で水道の蛇口が二つある水場があった。ここで絵の具を洗ったり、顔を洗ったり、先輩によっては体を洗ったりした。

ブロック塀のすぐ向こうには、大学以外のビジネスビルが並んでいた。予備校のビルや文房具屋が一階の雑居ビルだ。もともと、大隈講堂自体が大学の正門の外にあるのだから、大隈講堂裏の広場も、周りは民間のビルに囲まれていた。

アトリエの後ろは、十階建以上のマンションが並んでいた。やがて参加することになる芝居が終わった後の「打ち上げ」は、アトリエの中で深夜から早朝まで続けられた。隣のマンションの住民が「うるせー！」と叫ぶ声がたまに聞こえた。一度は、窓からビール瓶が飛んできて、アトリエの屋根に当たって砕けた。

ただし、広場の左側（北）、長屋の向こうには、大隈庭園という広い庭が広がっていた。長屋の屋根越しに、大隈庭園の木々の梢が揺れるのが見えた。

4

入会して三日目、広場で作業しているうちに、語学の授業が始まる時間になった。

法学部は、大教室の授業がほとんどなので出席は取られない。去年、大教室で、自分の書いた教科書を下を向いて読むだけの教授達に失望していたので、授業に出る気持ちはなかった。ただ、語学だけは、出席しないと単位はもらえなかった。なにせ、去年、仮面浪人をして授業にほとんど出なかったので、取ったのは登録した百二十単位中、保健の二単位だけだった。今年は取れるだけ取ろうと決めていた。

作業を抜けて、ジャージから私服に着替えようと部室に入ると、見知らぬ先輩がいた。

「どうした？」と先輩は、タバコを吸いながら話しかけてきた。

「授業があるんで、抜けます」新人らしく丁寧に答えると、「バカ野郎。授業なんか出れるわけないだろ！」といきなり言われた。

「お前は、作業と授業、どっちが大切なんだよ？」先輩は真剣な表情になった。絶句した。材木を切るよりは、授業の方が大切なような気がしたが、劇研では違っていた。

ただし、新人説明会の時は、ヒゲの先輩から「授業とサークル活動の両立は可能です」と、まるで中学時代の「勉強と部活の両立は可能です」とか「勉強と男女交際の両立を目指そう」みたいな優しさで説明された。

「作業、まだ一杯あるぞ」先輩が畳みかけてきた。「はい」そう答えて、部室を出て作業に戻った。

困ったなとは思わなかった。何者かになるためには、授業に出ている場合じゃない、そんな気持ちがして納得した。作業を続ける先に何かが待っているんじゃないかと思っていた。

入会して四日目、身訓でフラフラになった身体で作業をしていると、「九月会」の演出家、堀江《ほりえ》寛《ひろし》さんに新人の男達は集められた。堀江さんはアゴヒゲを伸ばし、バケットハットというバケツを逆さまにしたような帽子をいつもかぶっていた。三十歳に近い大人に見えた。

「お前達も出演するから」堀江さんは当然のように言った。

「お前達は、黒衣《くろこ》じゃなくて、青衣《あおこ》をやる」

渡されたのは、上半身用の青い着物、作務衣《さむえ》の簡素なタイプだ。それと、白く長い布切れ。

これはなんだろうと思っていると、「下半身は褌《ふんどし》。あと、顔と手足は白く塗るように」堀江さんは事務連絡のような口調で告げた。

「九月会」の芝居は、アングラ系のもので、たぶん唐十郎《からじゅうろう》の「状況劇場」に影響を受けているんだろうなあと、作業の合間、稽古をちらちら見ながら思っていた。だから褌に白塗りも世界観としてはありだと思った。が、まさか自分がやることになるとは思わなかった。

中学演劇で『ベニスの商人』、高校演劇で安部公房《あべこうぼう》の『友達』やゴーリキー作の『どん底』を真面目にやってきたが、いきなり、褌に白塗りだ。

なんだかワクワクした。

作業の合間に、アトリエに呼ばれて演出を受けた。芝居の途中で、スローモーションでゆっくりと客席に登場して、何かに襲いかかるような形で両手を構え、「はああああああー」という謎の声を出して練り歩き、去っていく役だった。

意味はよく分からない。そもそも、やっている芝居がアングラなのでよく分からない。

新人の一人に、尻毛がとても濃い奴がいた。尻の割れ目に沿って生えている毛が尻毛だ、ってなんの説明だ。褌をしても、白い布の間から、尻毛が見えた。それを目ざとく見つけた先輩が「剃れ」と命令した。「分かりました」と新人は緊張した顔で答えた。

あいつは、今日、下宿に戻って、一人、尻毛を剃るのだろうと思うと、思わずその姿を想像し、早稲田大学に希望に燃えて入ってきたのに、やってることは尻毛剃りなんだなあ、そんなことまで当然のようにやらせる芝居の魔力はすごいなあとしみじみした。

青衣の練習が終わると、また広場で作業に戻った。作業は全然減らなかったが、同時に装置を動かしたり、俳優に小道具を渡したりという、スタッフワークが増えてきた。稽古は夜九時過ぎまで続き、全体の終わりは、十時を過ぎるようになった。

ちなみに、この広場を、長屋の他の七つのサークルの人達は「大隈裏」とか「裏広場」と呼んでいたが、「劇研」のメンバーだけは、「劇研広場」と呼んでいた。私物化にもほどがあった。

その私物化の頂点が、この広場にテントを建てることだった。

5

入会して五日目、朝九時から「大隈裏」ではなく「劇研広場」に「劇研」メンバー四十人程が集まって、テント建てが始まった。

一メートル、二メートル、三メートル、五メートル、六メートルの長さの鉄パイプがアトリエの横に作られた資材置き場から何十本と運び出された。同時に、イントレと呼ばれる、工事現場やライブ会場で使う鉄製の足場が何組も出された。イントレは、三つのパーツを組み立てる形になっていて、完成すると一段が一・八メートル。三段まで重ねたものを支柱にするので、テントの高さは五・四メートルになった。

次々と広場に積み重ねられる鉄パイプとイントレを見ながら、圧倒されていた。

「なんだ、このサークルは」思わず声が出た。ブロック造りのアトリエがある上に、テントまで建てられるのか。

その当時、「状況劇場」や「黒テント」というプロ劇団がテント芝居をしていたが、学生サークルで、こんな設備を持っている所は日本のどこにもなかっただろう。

説明会にいたヒゲの先輩が地面にチョークでバッテン印をつけ、そこにイントレ三段が組み立てられ、そこからメジャーを伸ばして五・四メートル計った所にもう一組のイントレ三段が建てられた。

それが、テントの横幅のようだった。

何人もの先輩が、ひょいひょいとイントレの三段目に上り、六メートルの鉄パイプを梁《はり》のように渡していく。すぐに、クランプという鉄パイプと鉄パイプをつなぐ関節のような器具で、しっかりと止め始めた。

「直交《ちょっこう》!」「自在!」とイントレや鉄パイプの上に立つ先輩が口々に叫んだ。クランプの種類で、九十度に鉄パイプを固定するのが「直交」、角度を調整できるのが「自在」だ。

下で待機している先輩達は、声が飛べば、指定されたクランプを持って、ひょいひょいとイントレを上ったり、組み立てられた鉄パイプの上を移動したり、脚立の上に立ったりして、手渡した。

「二メートル！」「新聞紙！」「ドンゴロス！」「バン線！」という声も、あちこちから飛んだ。二メートルは、その長さの鉄パイプ、ドンゴロスは、粗い麻の布で、バン線は「バインド線」の略でビニールで覆われた針金だ。

指示する声、鉄パイプがぶつかる音、クランプをラチェット（レンチ）で締め上げる音、様々な音が渦巻き、工事現場のような喧騒だった。

新人は、専門用語（？）を作業の始まりに一回説明されるだけで、声が飛ぶたびに「ドンゴロスって何だっけ？」「自在ってどれ？」とあわあわして、怒声を浴びた。

鉄パイプをクランプでつなげたら、その上に新聞紙とドンゴロスを包み込むようにかぶせてバインド線で巻く。締め上げたクランプのボルトがテントシートに引っかかって破かないようにするためだ。

テントシートと言っても、キャンプに使うようなものではなく、まさにサーカス小屋のような分厚いシート生地だ。縦十五メートル、横十二メートルの真っ黒のものが二枚あった。一枚でもかなりの重量で、大人が四人掛かりでなんとか運べた。

午後三時過ぎに、ようやくイントレと鉄パイプでテントの骨組みが完成した。いよいよ全員でこの骨組みの上にテントシートをかぶせる。

テントシートは、アトリエの奥に大切に保管されていた。

テントシートの端に何本ものロープを結びつけて、骨組みの上に放り投げた。総てのロープが骨組みの上を通るように、先輩達は、イントレや鉄パイプの上を調整して動く。一本のロープを四、五人がつかんだ。七本のロープで三十人ほど。さらに、鉄パイプとイントレの要所に何人もが張りつき、スムーズに上がっていくように、テントシートを送り出す。

全員で「せーの！」と声をかけて、ゆっくりとテントシートを地面からずり上げていった。十五メートルの長さのテントシートが、ゆっくりと骨組みの上に被さっていった。

このテントシートは舞台側の屋根になる。もう一枚は客席側だ。

客席側のテントシートは、舞台側よりも低い設計なので、比較的楽にずり上げられた。二枚のテントを雨水が入らないようにうまく重ねて、その上にロープを渡して固定した。

夕方四時過ぎ、やっとテントが完成したと喜ぼうとしたら、すぐに、次の作業が始まった。

平台という三尺六尺（〇・九メートル×一・八メートル）の木製の台を並べて舞台を作るチームと、四十台ほどの照明機材をつり込むチームと、ブルーシートと暗幕を使ってテントの側面を覆うチームだ。

テントシートは大きいのだが、横幅が十二メートルなので、側面をすべて覆うことはできない。五・四メートルの幅と高さにイントレの幅を加えると、計算上は両脇がそれぞれ二・五メートルずつ足らなくなる。

ここに、ブルーシートと暗幕を重ねたものを吊って、完全に遮光するのだ。それでも隙間から光が入ってくる場合は、ゴザを黒く塗って垂らす。

完成したテント全体の横幅は、約六メートル。広場いっぱいに広がることになり、長屋すれすれで人間一人がすれ違うのにやっとの幅で、反対側の水場も似たようなものだった。長屋の住人にすれば、迷惑この上ない大きさなのである。

新人だった僕はそんなことはまだよく分からず、とにかく、「この大きさはなんだ!?」とただただ驚いていた。その日の作業は、夜十時まで続いた。

夜、小道から見れば、広場には、大きな黒い鯨がいた。

6

毎日、十二時から身訓、二時から作業、青衣、スタッフワークを夜十時まで続ける生活を十日ほど続けて、最初の公演が近づいてきた。

四月二十四日と二十五日の二日間、文京区の白山《はくさん》にある東洋大にテントを建てて公演するのだ。と、簡単に書いているが、つまりは、せっかく建てたテントを一度解体し、運び（これはトラックだった）、そして、東洋大の講堂横空き地という場所に建てるのだ。（劇研広場にテントを建てたのは、この公演のためだと分かった。本番と同じテントを一度建てておけば、手順が分かるし、本番の舞台の大きさで練習ができたのだ。アトリエは少し狭かった）

二十二日、公演の二日前、テントを解体して、総てのパーツをトラックに乗せた。建てるのは一日仕事だが、解体するのはいくらか楽で半日ほどだった。上にかぶせたテントシートをロープをひっぱってずり落とすのは、なんだか爽快だった。その後、明日の準備をして夜九時過ぎに終了。

翌日、朝八時に東洋大学の講堂横空き地と呼ばれる場所に集合した。

劇研広場よりさらに一・五倍ほど広い赤土がむき出しの場所だった。

まずは、テントを建てる場所の整地。空き地に転がる大きな石はどけ、明らかな窪みは埋め、ゴミを集めて捨てた。半分埋まった石などは、放っておくと、イントレや鉄パイプなどを組み立てる時にじゃまになる可能性があると先輩は説明した。そうなった時は手遅れなので、丁寧にどけていく。

掘り起こしてみると、三十キロ近い重さの石があった。新人達が途方にくれていると、ヒゲの先輩が「気合だよ」と言いながら、担ぎ上げた。新人説明会を担当した人だ。あとから、七年生だと知った。大学は四年制ではないのかという疑問が起こったが、劇研には、五年生、六年生、七年生、八年生までいた。「九月会」の演出の堀江さんも七年生か八年生だった。怖くてなかなか聞けなかった。中には、二年休学して八年生なので、三十歳を超している人もいた。学生サークルなのに、である。

演出したくて、作品を書きたくて、ずっとチャンスを待っているうちに、四年を突破してしまった人達だった。テントやアトリエ、照明機材や音響機材を無料で自由に使える立場になることは、とてつもなく魅力的なことだった。だからこそ、アンサンブル制度になっても演出家や作家になるのは、苛烈な戦いなんだ、ということをやがて知ることになる。

ともあれ、三十キロの大石を悠然と抱えて捨てにいく後ろ姿を見ると、頭でっかちで観念的な演劇論を語りがちな新人の僕達に「理屈じゃない。人間、体力だ」という精力剤のCMのようなコピーが突きつけられた。身体性ではなく、まさに肉体性ではあるが、知性とか感性とか言う前に、まず、体力が問題なんだと、しみじみした。

フラフラになりながら、僕が身訓を続けているのも、自分の理屈っぽさ、頭でっかちに嫌気が差し、変えたいと思っていたからだった。

ただし、ヒゲの先輩も、あまりに石が重いと、「全員集合！」といって新人を集め、「石の周りに輪になって、手をつなげ！」と命令した。そのまま全員で「動け！」と祈るのである。

一分間ほど必死に祈ったあと「今日はだめか」と言って、全員でその石をどかした。

僕はこれが大好きで、大きな石が見つかると、先輩は祈らないかとワクワクした。

予想外に時間がかかったが、二時間ほどで整地を終えてテント建てが始まった。

劇研広場の時は、もうひとつのアンサンブルの人達も手伝った。テント建ては大変なので、常に劇研メンバー全員が参加することがルールなのだ。

だがそれは劇研広場の時で、東洋大学では、「九月会」のメンバー十数人と新人二十人弱で、テントを建てるしかない。もちろん、一度、建てているので、全員が構造と手順を理解している、はずだ。はずだが、新人は新人でしかなく、あたふたするしかなかった。

劇研広場に建てたものに正式な客席を足したので、長さが二十メートル近く、幅が六メートル、高さが五・四メートルの巨大なテントになった。黒い鯨がひとつ成長した。

夕方六時過ぎに、とりあえず終了。

疲れ切っている体で、大学近くの「ほっかほっか亭」で買ったのり弁をかき込む。この当時、二百六十円（消費税なし）ののり弁は、芝居の稽古ばかりして、バイトをする時間のない貧乏演劇大学生の希望の光だった。白身魚のフライに竹輪の天ぷら、きんぴらゴボウにボリューム満点のおかかご飯が満足感を与えてくれた。五百円ちょっとあれば二食食える、というのは、安心だった。

すぐに午後七時から、ゲネという本番と全く同じ格好のリハーサルが始まるので、大急ぎで褌をキュッと締め、大慌てで顔と足を白く塗り、大騒ぎで舞台の掃除をした。

なんだか異様に興奮した。

ゲネが始まれば、大真面目に客席をスローモーションで移動した。役の気持ちは、やっぱりよく分からない。

九時にゲネは終了。これで今日は終わりかと思っていたら、「テントを完成させるぞ」と舞台監督からの指示が出た。大慌てで白塗りを落とし、褌からトランクスに換え、私服ではなくジャージ姿に戻った。（舞台監督というのは、舞台全般の運営や進行の責任を持つ人のことを言う。「監督」という言葉がついているので、映画監督と同じタイプかと思いがちだが、演劇では、映画監督にあたるのは演出家だ）

まず「客席を完成させる」という指示が出た。客席は、整地した地面の上にブルーシートを敷きつめ、その上に中古の畳を全面に敷く。観客は靴を脱ぎ、畳の上に座って芝居を見るのだ（靴は、渡されたビニール袋に入れて自分で持つ）。整地が不十分で、石がごろごろしている場合は、掘り起こし、窪みを埋めてから、ブルーシートを敷く。東洋大の空き地はなかなか手強い。

整地が終わり、二十枚以上の畳を敷きつめた。歴代の先輩達が、畳屋や料亭を回って、タダで集めた畳だと説明された。

それが終わると、「テントを完全に遮光するぞ」と指示が出た。

劇研広場にはなかった客席部分の遮光が不十分だったのだ。暗幕を広げ、ゴザを黒く塗っていると、先輩の役者達は、明日が本番なので「お疲れさま」という声を残して帰っていく。

新人たちは、さらに、「舞台を仕上げるぞ」という指示に従い、平台で組まれた舞台を頑丈に固定し、装置の塗り残しを潰し、ケーブルを引き直して、照明機材の場所を変えた。

「テントに泊まり込みたいんだけど、この大学は許可しないんだよ」というヒゲの先輩の声と共に、終電直前で作業は終了。

次の日、朝七時に集合。昨日の作業の続きが始まる。やってもやっても作業は終わらない。照明ライトの位置をひとつ変えようとすると、ケーブルから引き直さないといけない。遮光が不十分だと、暗幕そのものを補修しないといけない。舞台が少し軋むようなら、平台全部を外して調整しないといけない。

昼十二時までやって、またのり弁をかっこんでいると、先輩の役者達がやって来て、芝居の部分稽古が始まった。

その間、新人達は「宣伝してこい」の一言で、チラシを持って東洋大学の構内から商店街までを一時間ほどかけて練り歩いた。

「早稲田から芝居が来ましたよー！　面白いですよー！　チケット千円です！　どうですかー！」

戻ってくれば、客席の畳の上をホウキで掃いて、雑巾で拭いて、暗幕のホコリを取り、あんまり汚いゴザは取り替えて、観客を迎え入れる準備。やってもやっても、作業は終わらない。

その合間に、今度は近くの吉野家の牛丼（この時三百円。のり弁より贅沢品だった）をかき込んで、あっと言う間に本番。観客の前に出るのは青衣だけだが、装置を動かしたり、小道具を準備したり、新人にはやることがたくさんあった。

夜九時、初日公演、無事終了。お客さんも八十人ほど来てくれて、先輩達はまあまあ満足。みんな、東洋大生のようだった。

翌日は、十二時集合。東洋大の周辺からキャンパスをランニング。テント前でいつもの身訓。これには身体が悲鳴を上げた。いや、三日前にテントを解体し、二日前にテントを建て、一日前に朝から作業して夜本番をやったのに、いつもの身訓。腹筋百回、側筋両側で計二百回、背筋百回、腕立て百回、ヒンズースクワット百回……。

作業がなければ身訓。だったら、まだ細かい作業の方がいいと心底思うが、先輩達は、黙々とメニューをこなしていく。

午後二時からは、部分稽古。昨日の本番を経て、不十分な所を繰り返しチェック。新人は、待機、見学、スタッフワーク、青衣。

午後五時半に稽古終了。のり弁を食べて、体を白く塗り褌を締めて、午後七時から本番。ゲネの時にあれほど興奮した白塗りが、三回目でもう日常になっていることに驚く。いつもの仕事のように淡々と顔と足、手を白く塗る。これが「日常という化け物」の力なのかと妙に納得する。

お客さん九十人を迎えて無事、終了。夜九時過ぎ、すぐに褌からジャージに着替えて、テントの解体を始めた。昨日が初日で、今日が千秋楽《せんしゅうらく》（最終日という意味）。公演日が二日しかないから、あっと言う間だ。

解体が終わったのが、深夜一時過ぎ。鉄パイプやイントレや照明機材や音響機材や平台や装置や衣装や畳やテントや暗幕やゴザやバン線やドンゴロスや箱馬《はこうま》（小型の箱）や垂木や厚ベニ（分厚いベニヤ板）なんかをトラックに積み込み、空き地の掃除をして、ゴミを拾い、東洋大学を後にする。

電車はもう動いてなく、深夜喫茶でお茶を飲み、席に座ったまうとうととまどろみ、始発が動くのを待って、渋谷にある國學院大学に移動した。

二日後の二十八日と二十九日に公演があるのだ。

渡された地図を元に國學院大学角地と呼ばれる場所に早朝五時半に新人達は集合。トラックはすでに到着していて、四時間ちょっと前に積み込んだ鉄パイプやらイントレやら平台やらあらゆるものが「さあ、下ろせ！」と威張っている。

へろへろの身体でひとつひとつ、下ろしていく。下ろせば、まずは角地の整地。五キロを超した石があると、僕はすぐに新人達に声をかけて、手をつなぎ祈った。いいかげんにしろとヒゲの先輩から怒られた。

朝五時半から始めても、疲労はピークに来ているので、テントが建つのが東洋大学と同じ夕方六時。なんのために、早朝から始めたのかよく分からない。眠いのと疲れているので、鉄パイプを運びながら、意識が飛んだ。一瞬、寝たのだ。よくまあ、事故が起こらなかったと思う。この状態で五・四メートルの高さのイントレ三段目で作業していたのだ。

テントが建った後も、やることは、まったく同じ。救いは、翌日が本番ではなく、一日、余裕があることだった。それでも、昼十二時に集合して、いつもの身訓。それを黙々とこなす先輩達。もっとも、東洋大学のテントの解体の時は、先輩俳優達は終電で帰ったので、少しは疲労が少ないのだろう。

で、同じ手順で初日と千秋楽。そして、解体。早稲田に戻ってきて、また同じ手順で、劇研広場に三十日朝からテントを建てた。

本番は、六日後の五月六日から八日まで。それまで毎日、十二時からいつもの身訓。そして、作業とスタッフワークと青衣。終了が夜十時。

八日の千秋楽が終わった時、新人達は全員、力が抜けた。嵐のような一ヵ月だった。二十人以上いた新人は、十人ほどに減っていた。同期として親しい会話をする前に、フェイドアウトしていったのだ。

僕は歯を食いしばって、やめてたまるかと思った。ここでやめたら、本当になんでもない奴になってしまう。

最後にテントの解体が残っているが、それは明日午前九時からで、今日は打ち上げだと言われた。新人達はホッとし、「やっと酒が飲める」と安堵したが、この予想が大きな間違いだったことに、すぐに気付かされた。

7

「九月会」の公演が九時に終わるまでの間に、もうひとつのアンサンブル「早稲田『新』劇場」（有名な「早稲田小劇場」を意識したのだろう）の人達が、打ち上げの会場になるアトリエのセッティングを始めていた。

舞台を解体して、平台をアトリエ全面に敷きつめて、一番奥に小さなステージを作った。「早稲田『新』劇場」の照明を担当しているあやめさんが、そのステージに向けて、照明を仕込んでいた。あやめさんは一年上の男性で、苗字が吉澤なので、江戸時代の歌舞伎俳優、芳澤あやめにならって、あやめと呼ばれるようになったらしい。細身で色白なので女形のイメージが重ねられたのかもしれない。

打ち上げは夜九時半過ぎから始まった。全員がアトリエ一杯に広げられた平台の上に直に座り、テーブル代わりに、間隔を開けて二列に並べられた平台の上にビールに日本酒、焼酎、ウーロン茶やつまみがずらっと置かれた。

つまみは、柿ピーナッツやポテトチップスなどの乾きモノとほっかほっか亭のおにぎりやから揚げ。これも、「九月会」の人達が芝居をしている間に、「早稲田『新』劇場」の人達が買いだしに出ていた。

杉田さんという「早稲田『新』劇場」に所属する四年生の先輩がいきなり、立ち上がりハイテンションで司会を始めた。顔が濃くて口が大きい野性的な印象の人だった。

「九月会」の打ち上げだが、参加は劇研メンバー全員だった。「九月会」の芝居を全員見ているので、それをサカナに盛り上がろうというわけだ。これが劇研のアンサンブル制度の意味なんだろうと新人達は納得した。劇団だったら、他の劇団の打ち上げに参加するということはないだろう。

杉田さんの音頭で全員が歌い出した。ギターは二年生の音田《おとだ》さんという先輩だった。「桃色紐《ももいろひも》を〜二重《ふたえ》に巻いて〜首をしめりゃ〜それっきり〜」という歌だった。悲しいような陽気なような、心惹かれる不思議なメロディーだった。劇研の先輩達は、じつに楽しそうに、心の底から大声を出して歌っていた。

新人達は、もちろん、何の説明も受けてないのでまったく歌えない。後になって、この歌は、「黒テント」という劇団が上演した『阿部定《あべさだ》の犬』という作品の劇中歌だと教えられた。メロディーは、ドイツの劇作家ブレヒトが書いた『三文オペラ』のテーマ曲。作曲はクルト・ヴァイル（当時はワイルと言っていた）という世界的な作曲家。心に残るはずだった。

この曲が終わると、すぐに、「どどどどどど〜。ふるさと捨てて〜」という歌を全員が歌い始めた。これも、心ひかれる不思議なメロディーだった。これは「状況劇場」の『風の又三郎』の劇中歌だった。

全員の歌が終わった後、司会の杉田さんは、「九月会」のヒロインだったみゆきさんを指名した。

みゆきさんは、アトリエの奥に作られた仮設ステージに立った。彼女が『かもめ』という歌を歌い出すと、彼女にピンが当たり、周りの照明が歌に合わせて青になったり、赤になったりした。驚いて振り向くと、あやめさんが調光器という照明をコントロールする機械を操作し、もう一人の先輩が大きなライトをみゆきさんに向けて当てていた。

それから何人かの先輩達が、杉田さんに指名されて、ひとりずつ歌った。歌が上手い人も、それなりの人もいたが、みんな自分の見せ方を知っていた。自分の持ち歌があって、盛り上げ方とか歌い方に自信があるようだった。まるで、一人ずつのショーの時間のようだった。

しばらくして、「それでは、今年入った新人、いってみようかー!」と杉田さんが野太い声で叫んだ。先輩達の歓声が上がった。

最初の男が名前を呼ばれて、仮設ステージの上にあがった。

「あの、何やればいいんですか？」彼は照れながら聞いた。

「なんでもいいんだよ！」「なんかやれ！」あちこちから声が飛んだ。

「なんかってなんスか？」彼はなおも戸惑った。

「だから、演劇的に成立させればなんでもいいんだよ！」また、声が飛んだ。叫んだのは、ヒゲの先輩らしかった。

「やることと分かんないなら、なんか歌ったら？」女性の先輩の優しそうな声が飛んだ。

彼はニヤッとした顔になって、「なんかリクエスト、ありますか？」と聞いた。

とたんに「ふざけるなー！」という声があちこちから沸き上がった。

彼は立ち尽くし、か細く震える声で歌い出した。先輩達は少し聞いた後、それぞれに歓談を始めた。話し声に紛れて歌声は聞こえなくなった。彼は泣きそうな顔のまま歌い終わった。司会の杉田さんが「どうもありがとう！」と叫んで、場を引き取った。

二人目の男が呼ばれて「高校の校歌を歌います」と言った途端、激しいブーイングにさらされて終わった。

杉田さんが次に僕の名前を呼んだ。必死に考えて、春歌でいこうと決めた。

浪人時代に予備校の寮で教えてもらって爆笑した曲だった。『どんぐりころころ』のメロディーで「ちんぽこぽこぽこ、ちんぽこりん。お尻にはまってさあ大変。ウンチが出てきてこんにちは。ちんちゃん、一緒に遊びましょ」という、今書いていても最低の歌詞だが、なぜか受けるに違いないと思い込んだのだ。人間、追い込まれると正常な思考ができなくなるという典型例だ。

思いっきり大きな声で歌い始めた。「ちんぽこりん」ぐらいのところで「やめろー！」という声が上がった。無視して歌い続けていると、柿ピーがあちこちから飛んできて、顔に当たった。それでも「ウンチが出てきて」と歌うと、何かが胸に当たった。歌いながら、なんだろうと下を見ると、ほっかほっか亭のから揚げだった。歌いきったところで、またから揚げが飛んできておでこに当たり、会場は爆笑した。一応、笑ってもらったのでよしとしようと思った。

次の新人は、すぐにから揚げが何個も顔に当たっていた。体は平気だが、から揚げは顔に当たると痛い。仮設ステージの傍に座っていた先輩が、笑いながら、新人の顔に当たったから揚げを拾って美味そうに食べていた。

何人もの新人が罵声を浴び、柿ピーを浴び、から揚げをぶつけられた。

これ以降、新人にとって、「打ち上げ」がなによりも試練になった。テント建てよりも身訓よりも初舞台よりも、「打ち上げ」が一番重荷で緊張した。そういえば、「九月会」の女性が、千秋楽が始まる前に、一生懸命、テントの隅で歌を歌っていたことを思い出した。何の歌なんだろう、なんで本番前に芝居と関係のない歌を歌っているんだろうと不思議だったが、やっと分かった。彼女は、打ち上げ用の歌を必死で練習していたのだ。芝居のセリフ以上の熱心さで。

狂乱の打ち上げは、終電を越して続き、全体としての会は終わっても、誰も帰ろうとせず、グダグダになり、そのまま寝ている者、話し込んでいる者、酔っぱらって独り言を続ける者、アトリエを出てテントの中で密談を続ける者、ケンカする者、なんてのに分かれた。

後から分かることだが、この「打ち上げ」は、公演の評価の鮮明なバロメーターになった。観客の評価が低かったり、出演した役者が納得してなかったり、作・演出に不満があったりすると、打ち上げは荒れた。

杉田さんが司会の楽しい会が終わった後、あちこちで不満が噴出し、時には殴り合い寸前までいき（さすがに暴力行為は全員で絶対に止めた）、「もうこの劇団はダメだよ。抜けて、新しいアンサンブルを作らないか」なんて密談がアトリエの外で交わされたりした。

平和に盛り上がり、平穏に終わることはなかなかなかった。とても好評の作品の後でも、他のアンサンブルのメンバーが「いや、俺は認めないね」なんて会話をすぐ近くでやっていたりした。無責任に酔えたのは新人の時だけで、その後は、僕は心から楽しんで酔っ払ったことは一度もなかった。

この打ち上げで、最初に罵声を浴びた新人とから揚げを顔に受けた新人が「劇研」を辞めた。罵声とか柿ピーとかから揚げのせいかもしれないし、迷っていたところを罵声とか柿ピーとかから揚げが背中を押したのかもしれない。

次の日、朝九時からテントの解体。先輩達は、かっきりに仕事を開始。みんな、どこにいたんだ、いつ寝たんだと思う間もなく作業が続いた。体がどうしようもなく重い。

夕方、やっと解体が終わると、「早稲田『新』劇場」の演出家、大橋《おおはし》宏《ひろし》さんがやってきて新人を集め、「みんな、おつかれさん。俺達の劇団のテント公演が五月三十日からあるから、よろしく。まずは一橋大学に行くから」とさわやかな笑顔を見せた。大橋さんはこの時二十三歳。何年生だったのだろうか。

新人達は、許されることなら大声で叫びたかった。

8

劇研に入る前の時期に、黒澤明監督が『影武者』の出演者オーディションをするというニュースが流れた。僕は書類を送り、一次審査通過のハガキを受けとった。嬉しくて、ハガキを持ったまま、荻窪のアパートの前の道を全力で走った。

二次審査は、四月の中旬だった。「九月会」の作業を半日だけこっそり抜けて、成城学園《せいじょうがくえん》前にある東宝撮影所のオーディション会場に急いだ。五人まとめて呼ばれた部屋に入ると、目の前に黒澤監督がいた。

歴史が呼吸していると思った。周りにも何人かの大人の人達がいたが、黒澤監督しか目に入らなかった。

自己紹介を求められ、「映画館で、映画が始まる直前、照明が落ちて真っ暗になる瞬間が大好きです」と答えた。無表情だった黒澤監督の顔が満面の笑みに変わった。黒いサングラスをしていても、赤ん坊のような柔らかい笑顔だった。同時に、この顔が撮影では鬼になるのかと想像した。

それから二週間ほどして二次通過の知らせが来た。五月の上旬の三次審査はセリフがあった。

「おきゃがれ。おやかたさまは、あそこにござるわ」という言葉だった。お屋形、つまり武田信玄は死んでいないと、影武者の信玄を信じ込んで家来が言うセリフだ。

「早稲田『新』劇場」の作業を抜けて駆けつけると、また五人まとめて部屋に呼ばれた。黒澤監督はサングラス越しにじっと演技を見ていた。

三次オーディションが終わって、一週間後に連絡が来た。「残念ながら三次には落ちました。ただし役付きではない出演でもよいのでしたら、撮影所にお越し下さい」というものだった。「役付きではない出演」というのは、セリフのないその他大勢ということだ。

それでも充分ですと答えて、指定された日に劇研の作業をなんとか抜けて撮影所に行くと、大勢の若者が集まっていた。みんな、役付きでなくても、黒澤映画に出たいと思っている人達だった。

「まずは、髷《まげ》を結いやすくするために、髪を切ります」とスタッフに言われて、床山《とこやま》と書かれた部屋に案内された。僕はその当時、肩まで髪を伸ばしていたので「まあ、これは結いやすいわ」と女性に言われて、髪の真ん中だけをばっさりと切られた。

気がついたら、「逆モヒカン」みたいな髪形になっていた。その時はまったく疑問に思わなかったのだが、予定された撮影は一ヵ月以上、先だった。つまりは、一ヵ月以上、「逆モヒカン」で生活しないといけないわけで、それはあんまりだと思うのだが、この当時、まったく疑問に思わなかった。黒澤マジックだ。黒澤さんの映画に出るんだから、なんでもやるぞという気持ちになっていた。

髪を切った後、また別の部屋に集められて、足軽用の装備を身につけた。胴につける鎧に、手っ甲と脚絆《きゃはん》というのだろうか手のプロテクターと脛《すね》を守るプロテクター、それに陣笠という名の帽子、それに草鞋《わらじ》。

足軽のフル装備だ。そのまま、東宝撮影所の空き地に導かれた。全員で三十人ぐらいの足軽隊だった。

助監督らしき人が「君達は、織田信長の足軽だ。尾張《おわり》の人間は、色白でハンサムな人が多い。だから、君達が選ばれた。一方、武田信玄側の足軽は、田舎臭い無骨なタイプを集めた。顔がごつごつしている」と元気に叫んだ。集められた足軽から嬉しそうな笑いが起きた。

和やかなムードはその時だけで、いきなり、槍を持たされ、「駆け足」「突き」「座り方」の練習が始まった。「座り方」とは、立った状態から、いきなり「オリシキ！」という号令と共に、そのまま膝を折って右足の踵《かかと》にお尻を乗せて一気に座る方法だ。なかなか難しく、何度か繰り返してやっとコツがつかめた。

特に念入りに「突き」の練習が続いた。すると、向こうから、黒澤監督がゆっくりと歩いてくるのが見えた。大きな体だった。オーディションの時は座った状態なので、よく分からなかったのだ。身長一八二センチ。明治生まれの日本人としては驚異的な身長だ。西洋人の若者が椅子を持って傍を歩いていた。黒澤監督は椅子に座って、僕達の訓練を見始めた。

僕の隣にいた男性が、どうにも槍をうまく突けなかった。槍は腰で突く。手ではない。手を伸ばすけれど、同時に腰を入れる。そんな説明を受けて、みんな必死で腰で押した。ただ、隣の男性はどうしても手だけで、腰がついていかなかった。俗に言う「へっぴり腰」というやつだった。

何回やっても、手と腰の動きがバラバラだった。訓練を見ていた黒澤監督がスタッフを呼んで、何かを耳打ちした。スタッフは何度かうなづいて、こちらを見た。そのまま、二人のスタッフが走ってきて、僕の隣の男性の両脇を抱えて連れて行った。彼はそのまま、帰ってこなかった。

走ったり、突いたり、座ったり、行進したり、「えいえいおー!」と勝鬨《かちどき》を上げる訓練は二時間ほど続いた。

終わった後、「それでは、撮影のスケジュールが決まり次第、連絡します」と告げられて、「逆モヒカン」のまま撮影所を出た。

一方、「早稲田『新』劇場」が、一橋大学東校舎内内田体育館跡地という所で公演をする時期が近づいていた。

「九月会」とおなじように、新人はヘロヘロになりながら手伝っていた。「逆モヒカン」の髪をジロジロ見られたが、僕は何の説明もしないで「そういう気分なんだ」と言い切った。映画出演のことは、言わない方がいいと思った。

夜十時に作業が終わって、ボロボロの体でアパートのある荻窪に帰る。風呂なしアパートだったので、近くの銭湯に通っていた。

「九月会」の時は、あんまり疲れていて、褌をトランクスにはき替える気力がわかず、ジーパンをその上にはいて帰ったことがあった。

銭湯でジーパンを下ろした瞬間、周りの大人達がさっと視線を僕の下半身に集中した。なんだろうと思ったら、全員が僕の褌姿を見ていた。刈り上げに白髪交じりの職人さん風の人と目があった。「やるねえ、若いの」という微笑みが飛んできた。

「早稲田『新』劇場」の手伝いの時もヘロヘロになりながら銭湯に入った。上がった後、隣にぶさいくな男がいるなあと思って、ふと見たら、鏡に映った自分だった。

衝撃の瞬間だった。後々、いろんな人を観察して、「人は鏡を見る時は、意識して見るので、いつもの顔より二〇%アップした顔になる」と気づいた。だからこそ、無防備な自分の顔はなかなか見ないのだ。

友達を撮った写真の後ろに偶然写った顔とか、撮ると知らないで撮られた顔が、普段の無防備な顔なのだ。

銭湯の鏡の前で、しばらく呆然とした。自分がこんな顔をしているとは思わなかった。

「逆モヒカン」が余計に真実を明らかにしたのだ。思春期の自意識は、自分を「そこそこハンサムな男」だと認識していた。だが、銭湯の鏡に映った顔は生粋の「ぶさいく村」出身者だった。それも「ぶさいく村」の中央広場に近い村人だった。

さあ、どうするんだと考えた。この顔で、自分は俳優業界の上の方に行けるのか？　顔で苦労するのなら、作家とか演出家とかに特化して頑張った方が、それらの業界の上に行く可能性が高いんじゃないのか。

銭湯の鏡で、自分の顔の真実を知って以来、ずっとこの思いがくすぶり、さまよっていた。

9

「早稲田『新』劇場」も、「九月会」と同じように、五月中旬、劇研広場に一日がかりでテントを建てた。稽古用であり、一橋大学の公演用のテントの予行演習だった。驚いたのは、「九月会」のテントとまったく構造が違っていたことだ。

「九月会」のテントは、イントレ三段がテントの屋台骨、支柱になったが、「早稲田『新』劇場」は、二段イントレを客席の一番後ろに使っただけで、すべての骨組みを鉄パイプで作っていた。

テントのデザイン自体が、その劇団の特色を、いや、作品の特色を現すことができる。なんというシステムだと驚いた。

「早稲田『新』劇場」の作品のタイトルは『異ぽう人』。「九月会」の作品と同じように、内容はよく分からなかった。ただ、アングラとして分からないのではなく、そもそも作品がいろんな既成作品を集めてコラージュしたものだったので、明快なひとつの筋がない、という意味で分からなかった。

そういう演劇の作り方があるんだと、作業をしながら、ちらちらと稽古を見てて理解した。

有名な『ゴドーを待ちながら』のシーンも取り上げられていた。

四年の先輩、杉田さんと久保さんが、ウラジミールとエストラゴンを演じていた。杉田さんは顔の濃い司会担当の人だ。久保さんは、色白で淡白なイケメン顔の細マッチョだった。「早稲田『新』劇場」の二枚看板で、絶妙のコンビだった。

彼らはゴドーを待っている。絶望しながら、遊びながら、諦めながら、期待しながら、ゴドーを待っている。けれど、待っても待ってもゴドーはやって来ない。悲劇であり喜劇なのは、彼らは、自分達が待っている「ゴドー」とは何者か、何をしているのか、どこにいるのか、まったく分からないことだ。けれど、彼らはゴドーを待っている。きっとゴドーは来るはずだと言い合いながら。

二人の演技はじつに達者で、テントの片隅で作業しながら、思わず見入っていた。軽やかに動き、流暢に話し、表情が豊かで、演技が上手いというのは、こういう人達のことかと納得した。

二人が会話を続けている時、突然、音楽が鳴り、二人は演技をやめた。そのまま、二人は舞台の上でリラックスし、俳優ではなく、ただの人間、杉田さんと久保さんとして舞台にいた。微笑んだり、客席を見たり、小声で片方に話しかけたりしながら、二人は自然な状態でそこに立っていた。

ウラジミールとエストラゴンではなく、はっきりと杉田さんと久保さんだった。思わず舞台に釘付けになった。二人は演技をやめたが、演劇の時間は続いていた。素の二人がいることが、豊かな演劇の空間だった。これはなんだと鳥肌が立った。見たことのない演劇の風景だった。

音楽が突然止むと、二人は一瞬でまたウラジミールとエストラゴンに戻った。何事もなかったように、演技し始めた。愕然とし、興奮した。

作業の終わりに、演出の大橋さんに、「あれはなんなんですか？」と思わず尋ねた。大橋さんは、「ブレヒトの異化効果だよ。演じているということを、熱中している観客につきつけて異化するんだ」と楽しそうに答えた。

劇研に入って二ヵ月、出会う演劇は予想の範囲内のものだった。大学のサークルだから派手だったし、テント芝居は初めてだったし、大学を回る旅公演も知らなかったが、目にする演劇は、想像の範囲内だった。

だが、杉田さんと久保さんが素に戻った時間は、予想を超えた衝撃だった。

今思えば、俳優の力が不可欠だったと思う。杉田さんと久保さんは、「早稲田『新』劇場」の主役二人に相応しく、自信に満ち、表情が豊かで、身体が作り上げられていた。その二人が、演技をやめて力を抜くと、「俳優としての素材そのもの」「役の仮面を脱いだ人間の底力」があらわになった。

鍛えられてない俳優、演技力があるレベルに達していない俳優、表現の恐ろしさを知らない俳優には、この演出は成功しないだろう。俳優の素が見えて、がっかりする可能性の方が高い。

また、自分に自信のない俳優、素を出すことが嫌いな俳優、どうしても演じてしまう俳優にも、この演出はできないだろう。「素を出しているように見える演技」をして、観客はそれを敏感に感じて、「わざとらしい」「意味不明」な空間と感じると思う。

新宿の紀伊國屋書店の演劇書売り場で、ドイツの演劇人「ベルトルト・ブレヒト」に関する本を数冊買ったのは、その後すぐだった。

旅公演の時期が近づき、ヘロヘロになりながら、またテントを解体し、五月二十九日早朝から一橋大学東校舎内内田体育館跡地にテントを建て、二日公演したら解体し、六月六日から大隈講堂の前広場にテントを建てた。

大隈裏の広場ではなく、大隈前の広場だった。朝三時半に集合して、作業をしながら、大学はこんなことも許してくれるんだと思っていたら、先輩はイントレを運びながら「無許可だよ」と陽気に教えてくれた。

初日八日、テントには百人近い観客が集まった。「早稲田『新』劇場」の公演を待っている観客が何人もいるようだった。

テントは大隈通り側に舞台を寄せ、大隈講堂側が客席になるように建てられた。

新人は出演はなく、さまざまなスタッフワークをした。一番重要なのは、芝居のクライマックス、テントの各所に散らばり、テントの側面を固定しているバン線をペンチで切る仕事だった。

テントの側面というか壁は、前述したように、ブルーシートに暗幕や黒く塗ったゴザを重ねたもので、通常は鉄パイプやイントレにバン線で縛りつけて固定する。が、演出家の大橋さんは、芝居のラストに、固定しているバン線を総て切る演出を選んだ。切れば当然、壁は地面に落ちる。役者が立っている舞台の後ろの壁が落ちれば、早大正門が見える。クライマックスに、舞台の奥が見えるのは、その当時「状況劇場」や「黒テント」がよく採用していた手法だった。

大橋さんは、観客席の壁も同時に落とすことにした。畳敷きの観客席の壁は、ブルーシートと黒ゴザでできていた。

僕の分担はこの壁を落とすことだった。タイミングが近づくと、テントの客席部分の上に腹這いになって静かに上がり、クライマックスで一気にバン線を切った。

客席の壁がすべて落ちると、観客はいきなり仕切りのない世界に放り出された。まるで、家でテレビを見ている時、家の壁が四方すべて倒れて、むき出しになったようなものだ。

テントは大隈通りの傍だったので、通行人や自転車に乗った人、バイク、自動車の運転手は、いきなり出現した観客達に驚き、ジロジロと見た。密集したまま畳に座っている観客の姿は、風景として驚きだし、面白かった。

突然の風景に笑いだす通行人がいた。ギョッとして怯えた顔で通りすぎる通行人もいた。見つめたままじっと動かない通行人もいた。座る観客に話しかける通行人もいた。

観客は、ずっと芝居を見る立場だったのに、一気に見られる立場に変わった。テントの上からこっそり覗けば、通行人にジロジロ見られて居心地悪そうにしている観客が何人もいた。観客は密集した客席で動けないまま、ただ見られるだけの存在になった。

舞台では、杉田さんと久保さんもまた、不敵な笑みで観客を見つめていた。一瞬で、演じる者ではなく、見つめる者に変わっていた。ずっとやって来ないゴドーを待っていた二人は、無言で「あなたは何を待っていますか?」「あなたのゴドーは来ましたか?」「あなたは自分が何を待っているか知っていますか? それとも、何を待っているかを知らないまま、何かを待っていますか?」と問いかけているようだった。

「見る存在から見られる存在」へ観客を一瞬で変える見事な演出だった。

「早稲田『新』劇場」は、三日間、大隈講堂前で公演を続けた。毎日、観客席に密集する観客を見る通行人の反応は違っていた。これが演劇なんだと思った。毎日のアベレージを守るものではなく、毎日の違いを楽しむもの。忘れてはいけないと思った。

だが、忘れたいものに、「打ち上げ」があった。新人達の心に重くのしかかる「打ち上げ」。少しも打ち上がらない。重く重く沈む時間だった。千秋楽、できることなら、このまま帰りたいと、新人はみんな思った。憂鬱な打ち上げは、大隈前広場のテントを解体しないといけないので(無許可なので、早く解体する必要があった)夜十二時過ぎて始まった。

杉田さんが司会に立ち、音田さんがギターを引き、「桃色紐を～二重に巻いて～」という劇研のいつもの曲から始まった。もちろん、新人達はこの日のために、こっそり打ち上げ用の歌を練習していた。もう罵声も柿ピーもから揚げも、誰も浴びたくなかった。

僕は『岬めぐり』というフォークソングを歌って、罵声は浴びなかったがみなさんに歓談の時間を提供した。罵声や柿ピーをもらった新人はいたが、ちゃんとした拍手やから揚げを獲得した新人はいなかった。から揚げが飛ばなかっただけ、新人達は進歩したと言える。全体の雰囲気は「九月会」に比べて、なごやかに過ぎた。評判が良かったことが影響しているようだった。

怒濤のアンサンブル公演がすべて終わった。気がつけば、四月に二十人以上いた新人は、七、八人になっていた。

10

いよいよ、新人公演の準備に入ると言われた。毎年、劇研の新人だけで一本の芝居を打つというのが恒例なのだ。八月上旬の予定だった。

『影武者』の撮影スケジュールの連絡が来た。六月下旬、姫路城で一週間と言われた。新人公演の練習がちょうど始まる時期だった。

さんざん考えて、僕は姫路城のロケではなく、新人公演の稽古を選んだ。始まったばかりの稽古を一週間抜けたら、どんなことになるか。新人公演でのポジションは間違いなく低いものになるだろう。先輩達からも、やる気がないと思われるかもしれない。

姫路城のロケで、織田信長軍の足軽をやっても、それだけで終わる可能性も高いだろう。

「あれも、これも」は選べないと思った。何者かになるためには、姫路城に行くのではなく、大隈裏のアトリエを選ぶべきだと結論した。「あれか、これか」だ。

演出は「九月会」の堀江さんだった。

脚本はなんと、同期の新人のYが「僕、書きたいです」と手を挙げた。

なんだか、頭をハンマーで殴られたような気がした。こんなにあっさり自分の希望を語るというやり方に驚いた。

が、しばらく稽古していくうちに、劇研の先輩達の何人かがYに対して威圧的というか攻撃的なことに気づいた。なんだろうと考えているうちに、「この人たちは、作家志望なんじゃないか」と思い当たった。

作家志望と普段から言っている人もいたが、そんな素振りをまったく見せない何人かの先輩も、Yに対して高圧的だった。自分は書きたいと言い出せないのに、書くチャンスもないのに、こいつは一年の夏にもう自分の作品を発表している、という抑圧された怒りだったのだろう。ここで叩いておかないと、後々、やっかいな存在になる。自分が作家デビューできる可能性がまた減る。なんとかしなければ……そんな匂いを感じた。

それでもYは演出家の堀江さんのアドバイスを聞きながら、作品を粘り強く手直ししていた。先輩達の多くも新人達も、なんとなくYが新人達の代表のように感じていた。

本番の二週間ぐらい前に、Yは夏風邪をこじらせて五日ほど稽古を休んだ。Yは作家だが、俳優として出演もしている。Yがからむシーンは稽古できない。僕達は、「まあ、しょうがないか」ぐらいの気持ちでYを待った。

本番の一週間ほど前、復帰したYに対する先輩達の態度はまったく変わっていた。スタッフワークを担当している先輩達は、それまでは、何かあるとYに質問して意見を求めていた。だが、風邪で五日休んだYを信頼することをやめた。それは驚くほどはっきりとした態度の変化だった。

作家志望の先輩達は、はっきりと「お前は肝心な時に休んだ。頼りにならない奴だ」というレッテルをYに貼った。新人達も、その空気が伝染して、Yの意見を尊重することをやめた。

おそらくYが「台本を書きたい」と言い出さなければ、ここまでの変化はなかっただろうと僕は思った。Yは、あまりにも早く自分の希望を正直に語り、周りを身構えさせた。そして、絶対に休んではいけない時に休んでしまった。そんな奴は信用できない、と先輩達は判断した。僕はその変化を見ながら、「評判とか評価は、こんなに簡単に変わるんだ」と驚き、震えた。

同時に「根回しが必要」とはこういうことかと思った。あまりに早く、無防備に自分の希望を語ってはいけないんだと肝に銘じた。

新人公演は、予定通り八月上旬にアトリエで行われた。二十一歳になっていた。怒濤の四月五月が終わった後に何人か新人が入って、総勢十二名だった。

初舞台の人間は感動したのだろうが、中学、高校と部活ながら演劇を続けていた僕には、そんなに特別な公演ではなかった。自分の演技も含めて、可もなし不可もなし、といったレベルだった。

良かったことは、稽古の過程で、なんとなく親しい人間ができたことだ。それまでは、あまりに作業が大変で、同期と親しくなる余裕がなかった。または、なんとなく話があいそうだと思った相手が、ある日、突然、来なくなっていた。

親しくなったのは、マージャンをよく一緒にやった大高洋夫《おおたかひろお》。それに、なんだか妙に気になった名越寿昭《なごしとしあき》。

名越は、「早稲田『新』劇場」のスタッフワークをしている時に、ペンチの管理を演出の大橋さんから命令された。前述した通り、クライマックスでバン線をペンチで切るのだが、その後、元の工具箱に返す奴がとても少なかった。持ち出したら、元にあった場所に返すのが整理整頓の基本のはずだが、そういうことがまったく向いてない人が一定数いる。もちろん、僕はその代表だ。

結果的に、多くのペンチが稽古のたびに行方不明になった。と言って、その都度買っていては、予算が悲鳴を上げる。

そこで大橋さんが「名越、ペンチがなくならないように管理しろ」と命令した。名越が指名されたのは、たぶん、とても真面目でいい加減なことができない奴だと思われたからだろう。名越は、熱く、真面目で、一直線だった。悪くいえば融通がきかず、良く言えばとても几帳面だった。

最初名越は、「ちゃんと返してください」とだけ言っていたが、うまくいかなかった。怒った名越は、ペンチをまとめて常に持ち歩くようになった。名越に言ってペンチを受け取り、名越は返されるまで執拗に催促した。それでも、返すのを忘れる奴が必ずいた。

事件は、一橋大学の公演の二日目に起こった。初日、初めての本番でバン線を切った新人達は、興奮して、ペンチを戻すのを忘れた奴が多かった。お客さんはむき出しになった観客席のあちこちからわいわいと帰っていくし、役者はもちろん、スタッフも興奮状態だったのだ。

二日目、もうすぐクライマックスが近づくというので、名越に、「ペンチを出してくれ」と言ったら、名越は「やだ」と答えた。

一瞬、なんと言われたか分からなくなり、もう一度「ペンチ、出して」と言った。

名越は、憤った顔で「お前達に渡すと、ペンチを失くすから、渡さない」と胸を張った。

どう考えても、胸を張るところじゃないと思った。だいいち、クライマックスは刻一刻と近づいていた。

「名越、冗談はやめろ。ペンチだ」僕は真顔で言った。「失くすから、やだ」名越も真顔で返した。

なにせ、すぐ傍で本番が上演されているのだ。テントの壁は、ブルーシートに暗幕や黒ゴザなので、遮音はあまりきかない。怒って声を張り上げるわけにはいかなかった。

極力声を抑えて、とにかく名越を説得した。名越が動じないので、最近知ったニュースをいきなり話した。

「名越、いいか。関西の警察署長が、刑事が警察手帳を失くしたのを怒って、警察手帳を渡さないで預かるようにしたんだ。これなら、警察手帳を失くすことはないと言ってな。そうしたら、刑事が聞き込みに行っても、警察手帳を見せられないから、住民は誰も警察だと信じてくれなくて、捜査がまったく進まなかったんだぞ。知ってるか？」

「知らない」名越は鼻息荒く答えた。

「今、お前はその警察署長と同じことをしてるんだぞ」

何が名越を動かしたのかは分からない。クライマックスが近づき、新人達全員の顔がひきつってきたのが一番大きかったかもしれない。「絶対に返せよ」名越はそう言いながら、隠していたバッグからペンチを取り出して、新人達に配った。慌てて、僕達は持ち場に急いだ。

こんなことがあっても、僕は名越を嫌いにならなかった。それどころか、なんだか名越らしいなあと思った。全力で人間にぶつかる名越がうらやましかった。駆け引きなしで、全身でコミュニケーションする姿に惹かれた。

顔は僕と同じ「ぶさいく村」だった。何かと似ているなあとずっと考えていた。水族館に行った時に、「これだ！」と分かった。ナポレオンフィッシュによく似た顔だった。

大高とは一番気があった。同期だが、僕は二年から劇研に入会したので、生まれは僕が一年上だった。だが、そんなことは関係なく、いろいろと話した。大高も僕もギターを弾いて、昔のフォークソングが好きだったことも、気が合ったひとつの理由かもしれない。

もっとも、劇研は体育会のように、入会年度が絶対だった。年下だろうが、入会が先なら無条件で先輩だった。何浪してようが、入会年度が同じならタメロ。それは、実に明快で分かりやすいシステムだった。

11

新人公演が終わって、「鴻上《こうかみ》、照明のバイトやらないか」とヒゲの先輩から声をかけられた。劇研の先輩がずっと続けているバイトで、選ばれることは、劇研のスタッフの人達に認められたということだった。「スタッフのエリート」入りしたという証明になった。すでに、同期のAが、バイトを始めていた。

Aは、俳優になるつもりはない、スタッフが志望だと、新人公演が終わった後、一番早く宣言した。スタッフとは、もちろん、作家や演出家なんていう大それたものではなく、照明や音響、装置に携わりたいということだ。Aは、まずは照明を学びたいと積極的に照明のバイトに手を挙げていた。Yが、「作家デビュー」と「本番直前風邪欠席」によって失脚し、先輩達はAを積極的に評価するようになっていた。

照明のバイトは「ニューラテンクォーター」というナイトクラブのショーのピンスポット操作だった。

と、さらりと書いているが、「ニューラテンクォーター」は、テーブル数百以上、ホステスなどの従業員は二百名以上という巨大なナイトクラブで、ショーの出演者は歴代、ルイ・アームストロングだのダイアナ・ロスだのサミー・デイビスJr.だのというものすごい場所だった。

プロレスラー力道山が飲んでいて刺されたのも、この「ニューラテンクォーター」だった。

そこの照明の責任者Nさんが劇研の先輩で、ピンスポット（略して、ピンと呼んでいた）を操作する人間を後輩に頼んでいたのだ。

あやめさんも、もちろんずっとバイトしていて、まずは見学ということで、ニューラテンクォーターの照明室に案内された。

屋根裏部屋のような雰囲気で、壁や天井は年季を感じる古さだった。ステージを見下ろす窓には金網が張られていた。そこから見たショーは、きらびやかでラスベガスのよう

東京都新宿区早稲田鶴巻町大隈講堂裏

だった。いや、この時点ではまだラスベガスのショーは見たことがなかったが、たぶん、こういうものだろうと思えた。

フルバンドが音楽を奏で、フランスから来た「ブルーベル・ダンサーズ」と呼ばれる女性達が、羽毛やスパンコールのきらきらした衣装で歌い、踊っていた。ウナギの寝床のような細長い照明室からは、三台の大きなピンが彼女達を狙っていた。

先輩でありチーフのNさんは、操作盤で照明全体をコントロールしながら、インカム（ヘッドホンの片方だけで、マイクがついているもの）から、ピンの操作者に指示を出していた。

「下手《しもて》、もうすぐ出てくるよ」「色が違う！」「全身だよ！　ちゃんと狙え！」

赤や青やピンクや緑や黄色や、とにかくさまざまな色の照明が輝き、同じようにピンもさまざまな色と大きさでダンサーを照らしだしていた。

三十分ほどのショーは、あっと言う間に終わった。ショーは一日、二回。夜七時半と十時。二回目のショーまで、ピン操作の講習が始まった。

ピンは「アークピン」と呼ばれるもので、二本のアーク棒（鉛筆ぐらいの大きさだった）に高圧電流を流し、激しく燃焼させ、その明かりでダンサーを照らす仕組みだった。

ピンと言えば、明るいランプで照らすと思っていたから、驚いた。

時代劇に出てくる米俵ぐらいある大きなピンが、太い支柱に支えられていた。ピンの正面から見て右側に立ち、左手で前、右手で後ろを握る。ピンと社交ダンスを踊るみたいな格好だった。

胴体をガバッと開けて、二本のアークピンを向き合う形でセッティングした。

電源のスイッチを入れて、ピンの後ろにあるダイヤルを回して、二本のアーク棒の先端をくっつけると、バチッという音がして火花が散った。そのまま、静かにダイヤルを逆に回して棒の間に微妙な隙間を作ると、二本の先端の間に輝く炎が現れた。

問題なのは、アーク棒はそれ自体が燃料なので燃えると減っていくことだった。当然、二本のアーク棒の距離は徐々にひらいていく。離れ過ぎると、炎は突然、消えた。

つまりは、ピンの操作をしながら、常に右手でダイヤルを回してアーク棒を近づけ、先端の距離を一定に保たないといけないのだ。

ゼラと呼ばれるカラーフィルターの説明も初めてちゃんと聞いた。ステージをいろんな色に染めるフィルターだ。

色には番号があって、例えば、10番台はピンク、20番台は赤、30番台はアンバー（オレンジ）。同じ色でも、番号が少ないほど濃い色になる。20はとても濃い赤で、26は薄い赤となる。

濃いピンクの照明を当てたいと思ったら、12番のゼラを選び、淡いピンクがいいなと思ったら18番のゼラを選ぶのだ。

このゼラは、そのままではペラペラなので、シートと呼ばれる四角い枠に挟んで使う。一回のショーで、十枚以上のゼラが必要で、赤や青や緑や黄色のピンを出すために、素早く左手でシートを入れ換えないといけない。

なおかつ、「二連シート」「三連シート」と呼ばれるものがあって、「三連シート」は、例えば、「青・ピンク・赤」の三色が長方形の枠に並んでいた。これは、曲に合わせて次々にピンの色を変える時に、一枚のシートを抜いて、別のを入れ換えていては間に合わないために作られたものだ。

全体が青の照明の時に青のピンを出す。が、曲が急にテンポアップしたら、素早く「三連シート」を横にずらして、ピンクに変える。全体の照明も同時にピンクに変わる。もっと曲が激しくなると、さらにずらして、赤に変える。照明もパッと変わる。

曲に合わせるので、小節数が指定される。「五小節目に赤」なんて指示だ。アップテンポの曲だと、「二小節ごとに、ピンクと赤を入れ換える」なんて指示もある。

これは大変だぞと思っていると、「これも使う」と言って見せられたのが、円形に色が八色並んでいる、直径一メートルほどの「カラー・ホイール」だった。

一小節ごとにリズムに合わせて、円形に並んでいるゼラを回して色を変える、なんてことをする。「フレンチカンカン」という出し物の時は（スカートをひらひらと振り回しながら踊るやつだ）、このカラー・ホイールをくるくる回しながら、なおかつ、ピンを「8の字」にかき回す。ステージでピンの光の輪が縦横無尽に動き回るわけだ。なおかつ、色がくるくる変わりながら。

うまくいけば、それは派手で楽しい。うまくいけば。

講習が終わり、二回目のショーの見学が終わった後、チーフのNさんは「じゃあ、明日からよろしく」と当然のように言った。

「明日!?」と絶句すると、あやめさんが「大丈夫。鴻上なら、できるよ」と付け加えた。

曲に合わせて色の指示が書かれたリストを渡された。

それには、「一曲目　18。五小節目から12、サビで22。二番頭で18に戻る」と、びっしりと細かく書かれていた。

翌日、一回目のショーが始まり、ドキドキしながらピンのシャッターを開けた。光が出ない。ステージに出てきた踊り子さんは暗いままだ。他の二人の踊り子さんは、あやめさんとヒゲの先輩のピンで明るく輝いている。

「え!?　アーク棒はスパークして燃やしてるのに」と思っていると、インカムからNさんの「カッター、開けろ！」という声が飛んだ。

カッターというのは、燃えるアーク棒とレンズの間にある仕切りのようなものだった。これを開けて、なおかつシャッターを開けないと光が出ないのだ。

なんでこんなものがあるのか。たぶん、スパークした時に、飛び散る火花からレンズを守るためなんじゃないかと思うが、やめてほしい。慌ててカッターを開けたら、シャッターが開いたままなので、太い光がどーんと一気に出た。

「バカ野郎！　ピンは顔からだ！」とまたNさんの怒声が飛んだ。踊り子さんに光を当てる時は、まず顔に当てて、そこから全体にふわっと広げていく。アイリスシャッターなので、小さな円から大きな円にできるのだ。

同じように、踊りが終わってピンを消す時も、だんだん小さくしていって最後に顔だけ残して消す。確かに、最後の最後、暗闇に顔が残って消えるから素敵なんで、お腹が残って消えたらマヌケだろう。

と、頭では分かっているのだが、昨日まで素人だった人間にできるわけがない。

大きなピンの後ろには、アーク棒を送り出すダイヤルと、カッターを開けるハンドルと、燃えている炎を前後に動かすハンドルの三つがついていた。炎をレンズに近い部分まで送り出すと、光の輪は大きくなりダンサーさんをまとめて三、四人照らすことができる。ハンドルを後ろに引いて、炎をレンズから遠ざけると、シャッターを全開しても一人分だけの光の輪になる。

この計三つのダイヤルとハンドルを右手で操作しながら、踊り子さんを左手で狙いながらシャッターを開けて、曲にあわせながら色を変えるのだ。

ああ、今書いているだけで、心臓がドキドキしてくる。

なおかつ曲はビートが効いていて、ドラムやベースの音が心拍数をどんどん上げていく。

頭がパニックになった。何曲目だったか覚えてない。

踊り子さんに向かってシャッターを開けると、Nさんが「全身だ！」と叫んだ。踊り子さんは、ステップを踏んでいるのに、上半身しか明るくなってない。足まで含めて全身にピンを当てないとダメだ、という指示だった。

が、パニックになっている頭では「全身だ！」が「前進だ！」に聞こえた。

必死で、ピンを前に押し出した。Nさんは「全身だよ！」とまた叫んだ。「はい！」と答えて、またピンを前に押し出した。「全身だ！」「前進ですね！」「全身だ！」「前進ですね！」何度かやりとりしたら、窓の金網にピンの先端がぶつかった。「全身だよ！」「これ以上前進できません！」僕は叫んだ。「全身なんだよ！」「はい！」僕は力一杯ピンを前に押した。

そして、ピンは倒れた。三十キロ以上あったと思う。すさまじい音がして、コンクリートの床に鉄の固まりが倒れた。踊り子さんは急に暗くなった。

その後、いったい、どうなったか分からないまま、気がついたらショーが終わっていた。ピンは誰かが起こしてくれていた。

「全身は、前に進むことじゃなくて、体全体のことだからね」インカムでNさんと僕のやりとりを聞いていたあやめさんが、笑いを抑えきれないという顔で言った。

「はあ」と力なく答えたが、問題は二時間後に二回目のショーが始まることだった。他に代わりの人間がいないのだから、また僕がやるしかないことは明らかだった。

「Nさんが、ピンを倒した奴なんて、今まで聞いたことがないって言ってたから、ニューラテンクォーターの歴史に、力道山と共に残るんじゃないか」と、さらにあやめさんが陽気な顔で言った。きっとなぐさめてくれているんだと思うことにした。

二回目のショーでも、容赦なくNさんの怒声は飛んだ。ピンを倒すことはなかったが、カッターを開け忘れたり、色を間違えて赤の舞台に緑のピンを出して妖怪みたいな雰囲気に踊り子さんをしたり、踊り子さんの頭じゃなくてお尻でピンを消したり、リズムを間違えて照明もピンも一気に青にならないといけないのに、僕のピンだけ遅れて青になりNさんから「遅い！」と怒声を浴びたりした。

十時半過ぎに、二回目のショーが終わった時は、ぬけがらのようになっていた。

試練は、三週間、続いた。最後のショーが終わった瞬間、これでやっと解放されると安堵していると「また、頼むぞ」とヒゲの先輩が帰り際に言った。しばらくは同期のAが入るが、ローテーションで誰かが休みを取ることがあるという意味だ。もちろん、しばらくしたらショーは変わるので、ピンの色も操作もまったく違うものになる。

地下鉄の中で一人、真っ白に燃え尽きながら涙ぐんだ。

その後、先輩の誘いを断れないまま、何度もローテーションで入った。

一度は、下手のピンが一番、操作が簡単だからと配置された（簡単にも程度があって、そう言われても、全然簡単とは思えなかったが）。ただし、下手のピンは、ショーの最初に司会のチャーリーさんを照らしだすという重要な仕事があった。

「ウェルカムトゥー『ニューラテンクォーター』。ようこそいらっしゃいました。本日のショーはラスベガスからやってきた〜」という、大切な前口上だ。

ショータイムになると、一気に暗転になる。テーブルのライトも消えて、真っ暗な店内だ。その瞬間、フルバンドがいつものテーマ曲を始める。五小節目で、ピン！ そこにイケメンでダンディーなチャーリーさんがタキシード姿で立っている。

いよいよ、テーマ曲が始まって、無言で「一、二、三、四」とリズムを数え始めた。四小節ということは、「二×八（ツーエイト）」ということだ。「一、二、三、四、五、六、七、八」を二回。三回目の一でシャッターを開けた。暗い。え!? チャーリーさんの姿が見えない。

チャーリーさんの声が聞こえてきた。「暗闇から失礼します。ニューラテンクォーターにようこそ」

すぐにNさんの怒声が飛んだ。「カッターだ！　バカ野郎！」

慌ててカッターを開けた。チャーリーさんの全身がいきなり現れた。

「バカ野郎！　頭からだ！」

12

秋になって、「早稲田『新』劇場」が公演をうち、新人達も作業に参加した。今回は、大学ツアーはなく、劇研広場にテントを建てた公演だけだったから、以前よりは楽だった。

「九月会」は公演がなかった。理由は分からない。組織的にゴタゴタしているように感じた。

学生劇団は三度揺れる、とやがて僕は言うようになった。「卒業、就職、結婚」だ。卒業と共に就職しようと思っている人と、卒業した後、何年かして就職せざるを得なくなる人と、卒業にも就職にも興味がない人に分かれる。それが同じ集団の中にいるのだ。ゴタゴタしない方がおかしいのだ。

劇研のルールでは、新人公演の後、二年生になる時に自分の所属するアンサンブルを選ぶことになっていた。

僕は「九月会」も「早稲田『新』劇場」も選ぶつもりはなかった。自分のやりたい演劇ではないと思った。と言って、自分のやりたい演劇をやるためにアンサンブルを立ち上げるなんて発想そのものがなかった。あまりに不可能なことは、考えもしなかったのだ。

劇研をやめるのかなあとぼんやり思っていた。

冬のある日、大高から電話がかかってきた。「鴻上、お前どうすんの？」大高はいきなり言った。

「いや、それがさ……」口ごもっていると、大高は続けた。「あやめさんが、新しいアンサンブルを作るつもりなんだ。お前も来ない？」

大高は、十一月の早稲田祭で、あやめさんが企画した芝居に役者として参加していた。

あやめさんは、それ以前にも試演会と称して、小さな公演をアトリエでうっていた。アンサンブル結成のために、周到に地ならししていたのだ。

「だけど、アンサンブル、三つになるぜ。認めてくれるのか？」

「そこなんだよね」大高も心配そうな声を出した。

劇研でアンサンブルが三つになることは、いまだかつてなかった。みんな、アトリエよりは客席が広いテントでやりたがった。アトリエの芝居は地味になりがちだが、テント芝居はそれだけで派手で演劇的興奮を獲得しやすかった。

三つのアンサンブルでテントでの上演を奪い合うのは難しいと思った。いや、それ以上に、四年生以上の演出家志望者、作家志望者が、来年四月には三年生になるあやめさんを認めるだろうかという心配があった。

あやめさんの内密の説明会に参加した。あやめさんは、仲間集めも周到に準備していたのだ。六名ほどの二年生と新人では僕と大高だけだった。

「無理な公演スケジュールは組まないつもりなんだ」あやめさんは言った。

「ランニングなんかも、毎日しなくていいと思うんだ。第一、五キロも走る必要はないと思うし」

この一言で、僕は参加することに決めた。説明会の帰り道、大高に「いい劇団になりそうじゃないか。なあ」と満面の笑みで語った。

「そ、そうかなあ。俺、やっぱり、毎日、走った方がいいと思うんだけど」大高は不安そうな顔をした。

「何を言うんだ大高。苦しければ何かをやり遂げたと思うのは、日本人特有の幻想なんだ。楽に芝居を作る。こんな楽しいことはないじゃないか」

「でもなあ……」大高はまったく納得しなかった。

「でもじゃない！」清々しいぐらいの笑顔で僕は言い切った。

十二月に劇研の総会があった。劇研員全員が参加して、来年四月からの活動を決めるのだ。あやめさんのアンサンブル結成要望が、動議として提出された。認められるには、全体の三分の二以上の賛成が必要だった。

劇研運営の最高責任者、幹事長の「アンサンブル結成に賛成の人？」という言葉に、五十人近い劇研員のほとんど全員が手を挙げた。アンサンブルが三つになる前代未聞の状態なので、もめるかなと思ったが、あやめさんの周到な準備で、先輩達は表立って反対できなかったのだ。あやめさんは、立ち上がってお辞儀をした。

ただし、公演の結果次第では、強制的な解散もありうるという厳しい注文が四年生以上の先輩達からつけられた。

結成を認められても、三つのアンサンブルがいつ公演するかは大きな問題だった。テントは、夏は蒸し風呂になり（なにせ色が真っ黒なので、暑くなりやすかった）、冬はブルーシートや暗幕の間からすきま風がビュービュー吹き込む過酷な状況だった。つまりは、真夏や真冬には公演ができないのだ。

気持ち良い季節にすることが絶対の条件だった。まずは、観客動員が一番多い「早稲田『新』劇場」の大橋さんが「俺達は、五月中旬の公演がいいな」とおもむろに宣言した。次に「九月会」の堀江さんが「私達は、六月の上旬にする」と宣言した。六月も中旬を過ぎると蒸し暑くなる日が出てくるので、観客の快適な観劇状況を考えたらギリギリの時期だった。

で、あやめさんは残った四月下旬を選んだ。中旬までだと、新入生はまだ落ち着いてないだろうし、肌寒い日があってはまずいと考えたのだ。

演出のあやめさんと脚本のコージさんが作った劇団は「新機劇」という名前になった。その名がイメージするように、楽しい喜劇を指向していた。

はれてアンサンブル結成が認められた稽古初日、あやめさんは高らかに宣言した。

「じゃあ、ランニングに出発！　あ、時間計ってるから。手は抜かないように。いいね！」

いつもの箱根山に向かって走り出す日々が始まった。話が違うじゃないかと言いたかったが、隣で大高が「よしっ」と納得していたので、言い出せなかった。

演出のあやめさんを除くと、三年生の役者五人、二年生は大高と僕の二人だけというこぢんまりとしたアンサンブルだった。

『女ひでり　—番外地には春の嵐—』というのが作品のタイトル。ウェルメイドでとても素敵な作品だった。「早稲田『新』劇場」のコラージュ的な作品より、「九月会」のアングラ的な作品より、好きだった。

途中で、四月に入った新人の女の子が一人、出演することになった。どういう流れかは分からない。あやめさんは、コージさんに言って、新たな役を書き足した。それで、緊密な作品の構造が微妙に緩んだ。惜しいなと思ったが、大学の演劇サークルなのだ。それはしょうがないことかもしれないと受け止めた。

作品は大好評のうちに終わり、僕も演技をすることをとても楽しんだ。演劇評論家が見に来て、小さなコラムで先輩を差し置いて、僕の演技をほめてくれた。先輩達は「なんだよ」という目で僕を見た。

打ち上げでは、僕は「ディープ・パープル」の『スモーク・オン・ザ・ウォーター』を日本語直訳で叫びながら歌うというネタをものにした。偶然だったが、いつのまにかできあがった。それから十年以上たってそれを持ちネタにするアーティストが現れたが、僕は独自にやっていた。

そのあと、下田逸郎《しもだいつろう》さんの『ラブホテル』という歌を歌ってしめた。ラジオで偶然聞いて、「これを打ち上げで歌おう」と決めた曲だった。歓談の時間にならず、みんな聞いてくれた。これでとりあえず、打ち上げで苦しむことはなくなった。

公演が成功して、みんなあんまり幸福だったので、あやめさんの親が持つ熱海の別荘に、新機劇のメンバーだけで合宿にいくことになった。合宿と言っても、稽古をするわけではなく、言ってみれば熱海で打ち上げだ。

夜、「大貧民」というトランプをしていて、最下位にはなんか罰ゲームを与えようという話になった。

「裏山の夏みかん、取ってくるのは?」大高が楽しそうに言った。

昼間、みんなでピクニックがてら、別荘の裏手にある山を登った。頂上近くに夏みかんの木がたくさん生えていた。みんな、大高の提案を聞いて笑った。夜十時を過ぎていた。あまりに非現実的な提案だった。「いいね。そうしよう」笑い声と共に誰かが言った。

最後の大貧民が終わると、僕が最下位だった。「じゃあ、次はなんのゲームやる?」誰かが言った。

「罰ゲームしないと。鴻上、行けよ」大高が冷静に言った。

「今からじゃ、危ないよ。懐中電灯もないでしょう」三年の女優、智子さんが取りなすように言った。

「行けよ」大高は、僕を見てもう一回言った。目がマジだった。「夏みかん。食いたいんだよ。罰ゲームだろ」場が凍りついた。

「大高ちゃん」もう一人の女優、享子さんがまあまあという声で言った。

「行けよ」大高はもう一度、冷たい声で繰り返した。誰も何も言わなかった。沈黙がしばらく続いた。

「分かったよ。行くよ」

僕は強張った声を出した。そのまま、別荘を出て、かすかな月明かりの中、二十分かけて裏山を登り、夏みかんを二個もぎ取り、また二十分かけて下りてきた。二度転び、木の枝で手の甲を切った。

部屋に戻り、夏みかんを突き出すと、大高は、「あ、俺、いらないや」と言い放った。

こいつとは絶対に友達にならないぞと心に誓った。

13

新年度になり、ニューラテンクォーターのバイトは、新人が入ったので逃げ切ることができた。それは良かったのだが、新人公演の演出を同期のAがすることに決まった。衝撃だった。

Aは先輩達の作業を率先して手伝い、心証を良くしていた。同期の中で、Aがアンサンブルを作る可能性が高まったということだ。

秋になり、「九月会」は解散することになった。

何人かが、自分でアンサンブルを立ち上げようとしたがうまくいかなかった。ヒゲの先輩も何人かに声をかけたが、一緒にやろうという人間はいなかった。劇研の中に、ネガティブな風が吹いていた。

「新機劇」は、十月に順当に公演を予定していたが、「九月会」に参加していた劇研員が行き場を失って参加し、今年の新人達も加わって、あやめさんとコージさんは、全員に役を振ったので、いきなり参加者が二倍以上になった。

必然的に、僕や大高のセリフも二分の一以下に減った。ある時、稽古が終わって早稲田軒でオムライスを食いながら、「大高、俺達の役ってストーリーと関係ないよな」と話しかけた。突然、気づいたのだ。

大高は、レバニラ炒めライス大盛りを頬張りながら、「そういや、そうだな」と返した。

「俺達がいなくなっても、この芝居、つじつま合うね」「そりゃ、そうだろう。ストーリーと関係ないんだから」大高は当然だろという顔をした。

「そういうのってどう思う?」僕は少しの苦みを感じて言った。

「好きなことできて、いいんじゃない?」大高はあっけらかんとした顔をした。

「あ、そうか。なるほど」なんだか丸め込まれたような気がした。「そうだよ」大高はまたうなづいた。

春の公演に比べて、秋の公演はあまり幸せではなかった。春は出演者が全部で八人。途中で入ってきた新人の女の子をのぞけば、みんな、同じ方向を向いているような感覚があった。何を楽しみ、何を面白いと思い、どんなものを作りたいか、なんとなくの共通項があった。

だが、秋は、参加者が二十人近くになり、面白いと思うもの、作りたいもの、目指す方向がバラバラという印象がした。

唯一の収穫は、岩谷真哉《いわやしんや》という新人が面白いと思ったことだった。色白で華奢な姿だが、花があった。高校演劇出身で、自分の見せ方をちゃんと知っている男だった。

なんとなく消化不良のまま、公演が終わった。

普通の学生は、サークル活動が一段落したら授業に戻るのだが、劇研二年目、学年では三年生、二十二歳の僕は、戻る授業がなかった。もちろん、登録はしてるのだが、出席を取らない授業はあんまり面白くなく、出席を取る語学の授業は、欠席しすぎてもう手遅れだった。

もともと、法学部を選んだのは、人間と直接関わる学問だろうと思ったからだ。小学生の頃から、作家になりたいとぼんやり思っていた。劇研の中で、演出家になれなくても、誰かが僕の作品を上演してくれたらいいと、心の底で思っていた。もちろん、簡単に口に出せば新人公演の台本を書いたYのように潰される可能性が高いので黙っていた。

文学部に入ると、抽象化した人間と出合うんじゃないかと考えた。観念的で現実と乖離《かいり》した人間像を勉強するんじゃないか。その点、法学部は「三角関係からの殺人」とか「金銭的問題からの傷害事件」とか、生々しい人間の真実に直に触れられるんじゃないかと考えたのだ。

実際に一年の刑法の授業は面白かった。「砂糖で人が死ぬと思い込んで盛り続けた妻は殺人未遂罪に問えるか？」「では、砂糖と毒薬を間違えて、毎日、砂糖を盛り続けた妻は殺人未遂罪に問えるか？」「では、妻に刺された夫が入院した夜に、病院が火事になって焼死したら、妻は殺人罪に問えるのか？」考えれば考えるほどワクワクした。けれど、商法だの刑事訴訟法だの、ほとんどの授業は苦痛だった。民法でさえ、条文の文章表現にうんざりした。わざと難しくしているとしか思えなかった。だから、いまさら、授業に戻るつもりはなかった。

　暇だった僕は十月の終わり、大高に電話して、「マージャン、やんないか？」と誘った。大高と落ち合い、あちこち、公衆電話からかけてもなかなか、相手が見つからない。これはもう、直接行こうと代々木上原《うえはら》に住んでいた新機劇の作家コージさんのアパートに行った。この頃はまだ、全員が固定電話を引いているわけではなく、部屋に電話がない人間も半分はいたのだ。

　コージさんはいたが、どうしてももう一人がつかまらない。コージさんは、呼んで来るから、待ってて欲しいと出かけて行った。

しょうがないので、代々木上原の駅前の喫茶店に大高と二人で入った。二人でくだらない話をしているうちに話題がつきた。実は、こんなに長い時間、大高と二人っきりになったことがなかった。いつも、劇研の中でわいわいと誰かがいた。

　さあ、どうしよう。何の話をしようかと戸惑っていると大高がぽつりと言った。

「そろそろ、腰上げたら？」

これは、喫茶店を出るために腰を上げないかという意味ではない。

「そろそろ劇団、作らないの？」という意味だ。大高にそう言われて、一瞬、絶句した。

まさか大高がこんなことを言い出すとは夢にも思ってなかった。

作家にはなりたいとぼんやりと思っていたが、演出家は考えてなかった。

大高の顔をじっと見た。大高は真剣な表情をしていた。

腹の奥底から「劇団を作りたい」という思いが溢れ出てきた。

「うん。腰、上げる。劇団、作ろう」僕は興奮して声が大きくなった。大高はうなづいたが、僕の様子に、少し慌てたようにも見えた。

翌日、さっそく、大高と二人で作戦会議を開いた。僕はあやめさんと違って、周到な準備はまったくしてなかった。

先輩達は同期のAを高く評価し、Aがアンサンブルを作るなら認めようという雰囲気になっていた。Aは、「九月会」も「早稲田『新』劇場」も「新機劇」も、すべての公演にスタッフとして参加し、積極的に手伝い、ニューラテンクォーターのバイトもずっと続けていた。

一方、僕は「先輩というだけでは尊敬できないですね」だの「下手な先輩は、先輩でも下手って言わないと」だの「自慢話だけの先輩とはお酒飲みたくないですよ」だの、普段から言っていた。だめなパターンだ。

一年目の終り頃、ある先輩に飲みに誘われて、僕を含めて同期が六人ほど参加した。先輩は、ビールを飲みながら、座っている順番に、「××はどこに住んでるの?」と聞き始めた。僕の左隣が聞かれ、次は僕の番だと答えようとすると、先輩はなんのためらいもなく、僕を飛ばして右隣に聞いた。同期全員の動きが一瞬止まった。

僕は怒るよりも、ただ驚いた。気に入らない相手に対して、人はこんなにも分かりやすい行動を取るんだという驚きだった。

作戦会議で、僕はまず、一緒にやりたいメンバーに新人の岩谷真哉の名前を上げた。大高も納得した。

続けて、名越寿昭の名前を出した。

「えっ……」大高は絶句した。「本気か?」

僕はうなづいた。「本気だ」「本当に本気の本気か?」さらに大高は念を押した。

名越は、「九月会」に参加していたが、解散して、行き場をなくしていた。僕は、あいつとやりたいと思った。

大高が絶句したのは、バン線を切るペンチを隠した「ペンチ事件」だけが理由ではない。そもそも、最初の印象が最悪だったのだ。

14

一年目の時、五月の「九月会」が終わって、六月の「早稲田『新』劇場」の本番までの間に、新入生歓迎コンパがあった。奴隷のようにこき使う新入生がやめないように、飴を与える必要があると思ったのだろうか。この時は、アトリエではなく、早稲田の居酒屋の座敷だった。普通（？）のコンパもできるということをアピールしたかったのだろうか。

新入生は穏やかに飲み、食べ、「九月会」の打ち上げの悪夢を忘れてもいいかと思った。歌は求められたが、お店なので、先輩達の罵声は上品な突っ込みに変わり、投げる柿ピーもから揚げもなかった。

夜七時から始まった一次会は九時過ぎに平和に終わり、そのまま、全員で大隈講堂の前に集まった。アトリエに行かないのが不思議だったが、缶ビールが配られ、ギターが奏でられ、みんなでわいわいと二次会が始まった。警備員さんがやってきて「君達、近所迷惑だから、その響く声で歌うのはやめないか。もっと普通の声で歌いなさい」と忠告した。

夜十一時を過ぎてだんだんと盛り上がっていくと、男の先輩達が突然、服を脱ぎ始めた。劇研恒例の「大隈前新人ストリーキング」の始まりだった。「ストリーキング」とは、その頃、世界中で広がっていた全裸で走り回る行動のことだった。何かへの抗議だったり、ただの馬鹿騒ぎだったりした。

新人の男達は、全裸になるのが掟だった。だから、アトリエではなく大隈前広場なんだと分かったが手遅れだった。もちろん、パンツまで脱がされた。困ったなと思ったけれど、僕も全部脱いだ。そして、大隈講堂前の広場をひゃいひゃい言いながら飛び跳ねた。それなりに爽快だった。

一人の先輩が「馬場下交番まで行くぞー！」と叫んで、全裸のまま飛び出した。数人の新人が「おー！」と答えて、全裸のまま後に続いた。僕は、普段、走りたくないと思っているランニングコースを、なんで二次会でも全裸で走らないといけないんだとうんざりして、全裸のまま遠ざかっていく新人達の背中を全裸のまま見送った。

南門通りの通行人は、全裸のまま走ってくる姿に驚くだろうなあ、いい迷惑だよなあ、でももう十一時過ぎてるから通行人も少ないか、でもコンパ帰りの集団とぶつかると物凄い辱《はずかし》めをうけるかもしんないぞ、「小さくないいやい」なんて泣きながら帰ってくるかもしれないな、なんてことを全裸のまま考えていたのだが、なかなか、戻って来なかった。

ちょっと遅いぞ、どうしたのかなと思っていると、突然、パトカーのサイレンが聞こえてきた。

同時に、先輩と新人達がものすごい形相で、ナニを揺らしながら全力疾走で戻って来る姿が見えてきた。彼らの後ろには、パトカーのランプが点滅しながら近づいていた。

先輩と何人かの新人は、南門通りから路地や大学構内へ飛び込んだ。ただ一人、全力で大隈前広場に向かって、一直線に南門通りを走っている奴がいた。ナニが激しく揺れていた。

「大学の中へ入れ！」僕達は叫んだ。

大学の中は、一応、警察は簡単には入れない。まして、パトカーがそのまま入ることはできない。「南門に入れ！」

だが、その新人は、全力でナニを揺らしながら南門通りを真っ直ぐ走っていた。

「あいつは、走ってパトカーに勝つ気だ」見ていた僕達はみんなそう思った。

大隈前広場も大学の敷地だから、ここにたどり着けば警察も諦めるだろう、あいつはそう考えているのだろう。だが、パトカーは人間より速い。

あと数歩で、大隈講堂の広場にたどり着くという直前、パトカーが広場と新人の間にキキーッという音をたてて回り込んだ。アクション映画のようなドライビング・テクニックだった。すぐにドアが開いて、警官が二人飛び出し、全裸の新人をつかまえて、パトカーに乗せた。パトカーは急発進した。あっと言う間の出来事だった。僕は全裸のまま、唖然として去っていくパトカーを見ていた。

パトカーに連れ去られた全裸の新人、それが名越だった。

次の日、身訓のために大隈講堂前の広場に行けば、名越の白いブリーフがぽつんと残されていた。一応、名越の服を集めて、先輩が警察に行ったのだが、ブリーフは忘れたのだ。

毎年、何人かがやっている恒例行事なのに、どうして今年は警察は追いかけてきたんだろうと先輩は不思議がっていたが、やがて事情が分かった。

馬場下交差点にたどり着いた彼らは、馬場下交番に向かって激しく腰を振り、ナニをブラブラ揺らして見せつけたという。それが、警官には挑発行為というか侮辱行為に感じられたのだ。

名越は、翌日、説諭の後、釈放されたが、数日後、警官が下宿を訪ねてきた。緊張する名越に、「君、早稲田なんだろう。警官にならないか」と警官の募集要項の書類を置いていった。

ちなみに、その翌年、僕は大隈裏にとめてあった自転車に乗って体育の授業に行こうとしたら、警官に止められた。「君の自転車?」と聞かれたので「サークルの共有物です」

と答えたが、調べてみると盗難車だった。交番に連れていかれ、指紋を取られ、書類を作られた後、「君、法学部なんだ。警官にならないか」と言われた。

さらに数年後、名越は高校の世界史の教師になった。名越の「全裸パトカー事件」を僕はエッセーの形で書いていた。生徒が、その本を持ってニヤニヤと名越の所に来たらしい。「これ、先生のことですよね」

名越は本当に困って、「鴻上、あの文章、勘弁してくれよ」と連絡してきた。申し訳なかったので、増刷の時に、少し穏やかな表現に変えた。もう名越は、教師を退職しているので、また、穏やかな表現で書いた。書かないではいられない、素敵なエピソードだ。

15

「本気か？」大高はもう一度聞いた。そんな全裸な名越を入れたいのか？

僕はもう一度、大きくうなづいた。

作戦会議の後、その当時の劇研の幹事長に会いに行った。劇研の運営の最高責任者だ。

正直に「劇団を作りたい」と言った。周到な準備ができなかった分だけ、誠実に向き合おうと思ったのだ。

幹事長は予想通り「まだ早いよ」とすぐに答えた。「だいいち、『新機劇』のあやめちゃんは、いいって言ったの？」

その夜、あやめさんに会った。あやめさんは、あっさりと許してくれた。「いいよ。だめなら戻ってくりゃいいんだし。やりたいことをやってみろよ」

ありがたい言葉だった。この言葉に背中を押されて、メンバー獲得のために動き始めた。

岩谷、名越は参加してくれることになったが、それ以外の人間が集まらなかった。同期のAが劇団を作る、という確実な情報が流れてきた。

もともと、大高が「そろそろ、腰上げたら？」と言ったのは、「早稲田『新』劇場」が本格的にプロの劇団を目指すために、翌年の春、劇研から独立するということが大きかった。劇研のアンサンブルは「新機劇」ひとつになる。今が、アンサンブルを作るチャンスだと考えたのだ。

だが、幹事長の拒否反応はAが劇団を作るという予想の結果だと分かった。アンサンブルが三つあるのは、なにかと面倒でやっかいだ。二つだと健全に運営できる。Aが作るんだから、もういいだろう、そんな判断だったのだろう。

十二月の総会がタイムリミットだった。去年は、「新機劇」が成立を認められた。だが、このままだと、僕、大高、岩谷、名越の四人だけの集団になる。さすがにこれでは認められないだろうという予感がした。四人しか劇研員がいない集団に、貴重な劇研の財産であるテントやアトリエ、照明機材、音響機材を貸し出すわけにはいかないということだ。

岩谷が、もう劇研をやめると決意した同期の松富哲郎《まつとみてつろう》を引っ張ってきた。どうせやめるなら、最後に一回だけ舞台にでないかとみんなで説得した。松富は「えー、どうしようかなー、じゃー、一回だけだよー。でも、セリフの多い役はやだからねー」と引き受けた。のんびりした奴だった。

これで僕をいれて五人になった。まだ足らないと思った。これでは、十二月の劇研総会で多数決で否決されてしまう可能性が高い。三分の二の賛成がどうしても必要なのだ。

総会の前日まで、僕はあらゆる劇研員に電話し、会いに行き、説得を続けた。アンサンブルに参加してくれないなら、せめて賛成に挙手してくれと言い続けた。女性は誰も参加してくれなかった。名越が「鴻上、お前、もてないなあ」と嘆いたが、僕は内心「全裸パトカー事件のお前がいるからじゃないか」と思っていたが口には出さなかった。そんなことでモメている場合じゃなかった。

夜、「早稲田『新』劇場」にいる同期の森下義貴《もりしたよしたか》から電話がかかってきた。プロになる劇団にはいられないから、鴻上のアンサンブルに参加したいということだった。これで、男だけ六人になった。

僕は内心、否決されるかもしれないと思っていた。もし、反対が多かったら劇研をやめて、劇団を作ろう。演劇の稽古なんてどこでもできる。アトリエがないなら、公園でやろうと考えていた。

総会当日、まずは、プロになるために、劇研を卒業するという「早稲田『新』劇場」の人達が挨拶をした。演出の大橋さんが代表して、誇らしげに語った。この時期、演劇マスコミは、注目の二劇団として、東大の「夢の遊眠社」（野田秀樹《のだひでき》）と早大の「早稲田『新』劇場」を上げていた。二枚看板だった杉田さんは就職を選んだ。久保さんは俳優になると決めていた。

続いてAのアンサンブルの承認動議が出た。四十人近い劇研員の手が一斉に挙がった。文句のない承認のされ方だった。

「もうひとつ、アンサンブルの承認動議が出ています」幹事長の声が響いた。総会の会場であるアトリエの空気が微妙に緊張するのが分かった。

「賛成の人」幹事長の声が響いた。手が挙がり始めた。挙げてない人もいたが、全体では三分の二を超していた。「賛成多数の結果、アンサンブルは承認されました」拍手が起こった。

「認められた以上は、精一杯頑張って、いい舞台を作って欲しいものです」幹事長が言った。「ありがとうございます」僕と大高は思わず立ち上がり、深々とお辞儀をしていた。

その夜、僕達は祝杯を上げた。すぐに、劇団名を考えようと相談した。名越は「劇団熱風」、大高は「演劇冷蔵庫」を提案した。熱過ぎるし、寒過ぎるネーミングだった。

「『第三舞台』はどうだろう?」と僕は言った。まあ、鴻上が言うならそうしようという流れになった。アメリカに「セカンド・ステージ」という前衛劇団があることを知って、「アメリカにセカンド・ステージがあるなら、日本に『サード・ステージ』があってもいいんじゃないか」という素朴な動機だった。

ただ、旗揚げしてしばらくした頃、早稲田のミニコミ誌から「どうして『第三舞台』と言うんですか?」と聞かれて、この通り言うわけにはいかないと思った。アメリカの劇団の猿真似になってしまう。

その場で「役者とスタッフが力を合わせて作るのが実際のステージの第一の舞台で、第二の舞台は、本当に見たいお客さんが来ている客席。だって学生演劇はつきあいで来たりとか、先輩が出てるから見るとかありがちなので、そうじゃなくて、本当に見たい人が集まっている客席を第二の舞台と呼んで、第一の舞台である本当のステージと、第二の舞台である客席が溶け合って、幻に出現する第三の舞台を目指したいと思って、ネーミングしました」と瞬間的にでっち上げた。我ながらすごいと思った。年に何回か、頭が冴え切る時があるのだ。以後、この定義がオフィシャルなものになる。

16

劇研三年目、大学としては四年生、二十二歳の五月十五日から十七日までの三日間が、旗揚げの時期と決まった。他の二つのアンサンブルがやらない月が五月だった。ただし、入場料金を取ってはいけないと先輩達から言われた。お前の作るものが、早大劇研の名前に相応しいものかどうか分からないからと。

同期のAの公演は、入場料金を取ることが認められていた。去年の「新機劇」の旗揚げも、チケットは売り出された。「第三舞台は入場料金を取ってはいけない」は、きわめて稀なケースだった。

一九八一年の一月中に『朝日のような夕日をつれて』という台本を書き上げた。『ゴドーを待ちながら』のゴドーがとうとうやってくる。でも、やってきたゴドーは、待っていた人間には退屈だった、という設定にした。

さらにもう一人のゴドーが現れ、ゴドー1とゴドー2が、お互いにお前はニセモノだと言い合う展開にした。

もうひとつ、当時、「ルービックキューブ」という立方体のパズルが流行っていて、荻窪から劇研に行こうと東西線に乗り込むと、目の前に座る若い男性が一心不乱に取り組んでいた。その姿は、暇つぶしというより、人生つぶしのように見えた。

立方体である六面体のルービックキューブがやがて八面体、十六面体、三十二面体と複雑になって、ついに「丸い四角」のような形になったら、完璧な人生つぶしになるなあと考えて、おもちゃ会社の話も思いついた。ゴドーとおもちゃ。二つの世界を行き来する物語にした。

最終的に「みよ子」という決して登場しない女性の話として物語をまとめた。女性が誰も参加してくれなかったから、そうするしかなかったのだ。みよ子が結果的にゴドーになった。もし、女性が一人でも参加していたら、どんな作品になっていたのか。少なくとも、『朝日のような夕日をつれて』は生まれてなかった。

十二月の総会が終わってから、ほぼ毎日稽古した。一月は、他のアンサンブルが全く稽古しなかったので、ずっとアトリエを使えた。

途中で、岩谷が稽古に来なくなり、まったく連絡がつかなくなった。一ヵ月後、二月の中旬に戻ってきた。五月の公演まで待てないから、いろんな芝居のオーディションを受けていたと言った。知り合った俳優に、自分の現場があるのは幸福なことなんだから、そこでまず頑張ればいいと言われたと告げた。

劇研は、二月に広場に稽古用の小さなテントを建てて、三つのアンサンブルがローテーションで稽古した。テントはすきま風吹き込む寒さで、ストーブひとつだけが、テント全体の暖房器具だった。でも、つらい気持ちにはならなかった。アトリエも稽古用テントも使えない時は、大隈講堂前の広場で稽古した。

毎日、台本を稽古し続けた。四月のある日、森下が稽古を休んだが、森下がいないのに森下の声が全員の耳にはっきりと聞こえた。台本を三ヵ月稽古し続けているから、大高がしゃべり、名越がしゃべった後、いない森下の声も全員に聞こえたのだ。後にも先にも、こんな経験は二度とない。

本番二週間前、完全に出来上がっていたので、誰かに見てもらって感想を聞こうと思った。なるべく演劇を見慣れてない人がいいと思ったので、知り合いに声をかけて集めてもらった。五、六人いたと思う。

一気に上演して感想を聞くと、「面白かったけれど、どこかでホッとしたかった」「ずっと速くて、どこかで休憩できるといいと感じた」という感想が出た。

なるほどと思って、すぐに「休憩時間」というシーンを書き足した。ゴドー1とゴドー

2が「最近はみんな信じてくれないからやりにくいですねえ」と語り合うシーンと、ゴドーを待っている二人が「もう信じられるものなんてないかもしれませんねえ」と語り合うシーンが生まれた。

いよいよ、本番用のテントを建てることになった。この作品に相応しいテントはどんなデザインだとずっと考えていたら、三月に大高が「鴻上、こんなのどうだ？」とラフなスケッチを見せてくれた。

舞台の真ん中に支柱を置いて、シーソーのように舞台全体が前と後ろ、つまり客席側と奥側に傾く仕掛けだった。舞台の片側を床面につければ、反対側は二メートル弱ほどの高さになる計算だった。面白いと思って、すぐに採用した。

観客が入場した時は、舞台を後ろに倒して、舞台面が客席から見えないようにした。二メートル弱上がった舞台の前端に暗幕を吊って、斜めの舞台そのものを隠した。観客は客席に入ると、舞台に当たる部分に暗幕が垂れているだけなので驚いていた。

芝居の冒頭、「YMO」というバンドの『ジ・エンド・オブ・エイジア』という音楽と共に、見えなかった舞台の後方が持ち上がり、ゆっくりと舞台面が見えてくる。舞台の上には、五人の俳優が山形のフォーメーションに並び、片膝をついた形でうつむいている。

舞台はやがて水平になり、五人は顔を上げ、ゆっくりと立ち上がる。それが物語の始まりだった。

大高と森下がゴドーを待っている二人、ウラヤマとエスカワ（ウラジミールとエストラゴンをもじった）として、いろんな遊びをしながら、けれど退屈している。そこに、岩谷真哉が演じるゴドー1が現れる。「長い間、待たせたなあ」と。だが、二人は、あんたなんか待ってないと言う。

すぐに岩谷は、「暴走族から来たゴドーだ。俺達のグループに入らないか？」とか『若い根っこの会』から来たゴドーだ。みんなで故郷の話をしないか？」とか「自衛隊から来たゴドーだ。君も自衛隊に入らないか？」と、待っている二人が興味を示しそうな立場に変わり続けた。「若い根っこの会」は、集団就職で都会に出てきた若者達が集うグループだった。

あなたのアイデンティティーを保証する集団から来たとゴドーは名乗ったのだ。が、待っている二人は、それは退屈だと返す。そのたびに、ゴドーはくるくると所属を変えた。

そこに、私こそ本物のゴドーだと、名越寿昭演じるゴドー2が現れて、学校の先生として強引に授業を始めるのだ。これは、名越が教職の単位を取っていて、将来、教師になろうとしていることから考えた。

芝居のラストは、音楽と共に舞台は前側にゆっくりと傾き始める。五人は、傾いた舞台の奥に向かって歩き始める。最終的に、彼らは、急な角度で傾いた舞台の上で、最後の言葉を群唱する。

朝日のような夕日をつれて
ぼくは立ち続ける
つなぎあうこともなく
流れあうこともなく
きらめく恒星のように
立ち続けることは苦しいから
立ち続けることは楽しいから
朝日のような夕日をつれて
ぼくはひとり
ひとりでは耐えられないから
ひとりでは何もできないから
ひとりであることを認めあうことは

たくさんの人と手をつなぐことだから
たくさんの人と手をつなぐことは
とても悲しいことだから
朝日のような夕日をつれて
冬空の流星のように
ぼくは　ひとり

傾いた舞台の上で五人は立ち続けたまま、暗転。それが物語の終わり。

ちなみに、どうして舞台は二メートル弱も傾けることができたのか。

人力である。このラスト、舞台の後ろでは、やがて「第三舞台」に入団する小《こ》須《す》田《だ》康人《やすと》や長《なが》野《の》里《さと》美《み》、伊《い》藤《とう》正《まさ》宏《ひろ》など新人達が「えいやっ」と持ち上げていた。もちろん、初めから立った姿勢で踏ん張れるわけではない。舞台の下にもぐり込み、まずは寝た姿勢のままで「えいやっ」と押し上げる。そして、そのまま立ち上がる。劇研という人海戦術が可能な集団だからできたのだ。新人達には感謝しかなかった。

公演は三日間、三ステージだった。ゴドー1が変身して言うセリフには、「そうだ！私は革マル派から来たゴドーだ。さあ、中核派を殺そう！」なんていう一九八一年でもやばいものもあった。公演二日目、早大文化連盟という革マル派が支配している団体の関係者が「新しい劇団ですね。見せてくれませんか？」と満面の笑みで来た。焦ったが断るわけにもいかず、見終わって何を言われるんだろうかとドキドキした。

文化連盟の人達は黙って帰り、ホッとしていると、テントの入り口から知らない男性が入ってきた。

「今、芝居を見せてもらった者ですが、ものすごく感激したので、食事を奢らせて下さい」彼は興奮した顔をしていた。

劇研の決定で入場料を取れなかったので、「木戸銭無料」とチラシに書き込んでいた。その人は、それではあまりに申し訳ないからと繰り返した。あんまり熱心なので、スタッフと新人に「行ってきたら」と言った。

僕自身は、とてもじゃないが、行けないと思った。食事をしながら「ものすごく感動しました」なんて言われたら、どうしていいか、なんと返していいか分からず、いたたまれなくなる予感がした。今でも、面と向かって自分の作品をほめられると、どうしていいか分からなくなる。お尻がムズムズして、体がごにょごにょして、気持ちがあわあわしてくるのだ。

二人を送り出し、一人テントにいた。テントは、公演用の照明機材や音響機材が仕込まれている。カギはかけられない。隙間だらけで、どこからでも入れる。なので、機材を防衛するために、本番用のテントは泊り込む必要があった。といって、俳優は演技があるので、家でゆっくり休んだ方がいい。結果的に、僕とスタッフと新人一人がローテーションで泊まっていた。公演の三日間は、僕はずっと畳敷きの客席で寝た。劇研には、そのための寝袋がいくつも用意されていた。

一時間半ほどして、二人は帰ってきた。焼き肉を奢ってもらったと嬉しそうに言った。貧乏な演劇学生には神様のような人だった。あの人は、今、何をしているのだろうと、時々思う。

三日間の公演を、ずっと僕は舞台の後ろで見ていた。観客は笑い、喜び、ものすごく反応した。本当に幸福だった。観客は三日間で約三百人だった。

17

三つのアンサンブルの公演がすべて終わると、合評会というものがアトリエで開かれた。劇研員が全員集まり、それぞれの公演の感想を語るのである。

『朝日のような夕日をつれて』の公演に対しても批判的なことをいう先輩が何人もいた。

僕は内心「何言ってるんだい」と思っていたが、表面は「はい、はい、はい」と聞いていた。じつに日本人だ。

問題は劇団の反省会だった。公演が終わって一週間後、全員が集まった。まず、松富哲郎が「じゃあ、約束だから、僕やめるね」とあっさり宣言した。とても楽しかったし、松富の演技も受けていたから、ひょっとしたら続けると言うかと期待していたが違っていた。

続けて岩谷が「この劇団を大きくして、プロになりましょう。僕は絶対にプロの俳優になります」と言った。

岩谷のプロ志向はよく分かっていた。演出家になる時に「一人でもプロ志向の人間がいるなら、その人生を引き受ける責任が演出家にはある」と僕は思っていた。自分一人がプロになるつもりなら、途中で「もうやめようか」と思う自由がある。でも、自分以外に誰かがそう思っているのなら、自分から「もうやめよう」とは言えないと腹を括った。

岩谷の言葉を受けて、大高も名越も森下も「次もがんばろう」と言った。本当は、三人には三人の事情があった。彼らは大学三年生で旗揚げしたので、卒業して就職という重い親の期待が迫っていた。内心は、今年一杯と思っている奴もいたし、来年前半までと決めている奴もいた。

この年の新人公演を担当したのは、ヒゲの先輩だった。アンサンブルを作れないから、せめて新人公演をやりたいと強引に主張したのだ。稽古は残念ながらうまくいかず、新人達は反発し、結果的にヒゲの先輩は精神状態が不安定になって劇研を辞めた。新人公演は中止になった。

秋の公演に向けて、また、毎日、稽古が始まり、十月の公演のために『宇宙で眠るための方法について』という作品を書いた。

この作品は、一作目に比べてあまり評判がよくなかった。当たり前だと思った。『朝日のような夕日をつれて』は、自分の二十二年間の思いを全部ぶちこんだ。温めていたアイデア、ちょっとした仕掛け、言葉遊び、これでもかというぐらい盛り込んだ。「丸い四角」という言葉は、僕が高校二年生の時に出会った言葉だった。

それから、わずか三ヵ月後に次の作品を書かないといけないのだ。二十二年間の蓄積で書いた作品と、三ヵ月の蓄積で書いた作品が違うのは当たり前だ。プロになるということは、こういうハードルをなんとか乗り越えることなんだと身が引き締まった。

「第三舞台」は劇団だが、劇研のアンサンブルなので、学生サークルとして秋の公演のために男女の新人達を十人近く受け入れた。それが、劇研のルールだった。「新機劇」と同じことが起こったのだ。アンサンブルは三つあったが、一番多くの新人が入団を希望した。

新人全員にそれなりのセリフを書いて稽古していたら、岩谷が話があるとやってきた。

「セリフがちゃんと言えない人には、セリフを渡すべきじゃないと思います」岩谷は真剣な表情だった。

正論だと思った。だが、セリフをちゃんと言えない、はっきり言えば下手な役者も、一生懸命だった。一生懸命練習して、一生懸命身訓して、一生懸命いろんな作業をしていた。

「演劇サークルって楽しそう。苦しいのは嫌です。毎日が楽しかったらそれでいいです」みたいな新人だと、「あなたには役はありません」と言えると思った。でも、一生懸命早口言葉を練習し、腕立て伏せに顔を赤くしている新人には、とても言えなかった。

「プロを目指しているのに、そんなことも言えないようじゃ、プロになれるわけない」ということは痛いほど分かっていた。でも、言えなかった。

同時に、いかに自分が「教師体質」なのかも気付かされた。

新人が成長することが嬉しいのだ。レベル1の俳優がレベル3になることがとても嬉しい。だが、金を払った観客にすれば、見るに値するのは例えばレベル5からの俳優なのだ。

「教師体質」の反対語は「プロ意識」だ。レベル1の俳優がレベル4まで成長しても、「それは意味がない」と切り捨てられる人間が、プロになれるのだ。

岩谷は僕よりも先にプロ意識の階段を登っていた。岩谷の忠告を受けながら、僕は、新人達がうまくなることを祈って稽古することしかできなかった。

公演は、全部で六日、六ステージ。入場料金を取ることが許されたので、前売り五百円。当日六百円。テントは遮光が完全にはできないので、昼公演ができない。必然的に夜だけの公演になるので、六ステージなら六日。最初の週に金、土、日と公演して、翌週の週末にまた金、土、日の公演をした。観客は全部で六百人。

最初の週の日曜日、最後のカーテンコールで、大高が「来週、この話の続きを上演します」と言った。大高としては、同じタイトルの公演なんだからジョークだと分かってくれると思ったらしい。客席の後ろで聞いていて、ヒヤッとした。

翌週、二人の観客が「同じ話だよ！」と言いながら、テントから出てきた。心配した通り本気にした観客がいたのだ。丁寧に謝って、お金を返した。

ゴーリキーの『どん底』を下敷きに、現代のどん底に集まる人達の物語にした。

名越寿昭に「断食芸人《だんじきげいにん》」という役を振った。『変身』で有名なカフカの作品で、見せ物小屋でずっと断食している男の話だ。彼は、断食することしか芸がなく、檻《おり》の中で必死で

東京都新宿区早稲田鶴巻町大隈講堂裏

断食を続ければ続けるほど、観客は彼の存在を忘れていく。

最後には、誰もいない檻に藁《わら》を入れたままにしているのはどうしてだと責任者が聞く。積まれた藁の下に断食芸人がいた。長い長い断食の果てに、観客だけではなく全員が彼の存在を忘れていたのだ。彼は、「断食することしか私にはできることがなかったのです」と答えて息を引き取る。

小説の後半、文庫本で数ページ分の文章を、そのまま名越のセリフにした。名越は最初、なかなか、言えなかった。口ごもり、つっかえ、ためらい、混乱した。

毎日、名越はセリフと格闘した。断食芸人という断食することでしかこの世界とつながる方法がなく、その方法を突き詰めれば突き詰めるほど世界は評価しなくなる存在が、どこか名越の生きてきた道と重なるような気がした。

稽古を続けていたある日、名越は突然、まるで自分のことのようにセリフを言った。体の奥底から溢れ出る感情と共に、朗々と言葉が続いた。

作業をしながら稽古を見ていた者すべての動きが止まった。その響きは、告白のようでもあり、祈りのようでもあり、歌のようでもあった。名越は、自分の存在と過去と人生をセリフで語っていると感じた。演出席に座りながら、自然に涙がにじみ出た。

名越も泣いていた。泣きながら、断食芸人のセリフを語っていた。すべてを言い終わり、僕は「はい。言うことはないです。次のシーンにいきます」とだけ告げた。

名越は、演技が終わった後も、三十分間、涙が止まらなかったという。劇研広場の片隅で泣き続けた。その後、名越は雰囲気が変わった。張りつめていたなにかが消え、笑顔になることが多くなった。

本番では、稽古で見せた演技は出なかった。思い詰めたマグマのような感情は、名越の身体から消えていた。それでも、僕はいいと思った。

18

劇研四年目、大学五年生、「第三舞台」第三回目の公演は、大隈講堂前の広場でやろうと決めた。

「早稲田『新』劇場」の後、三年間、どこもやっていなかった。このままだと、大隈講堂前でやるという輝かしい「伝統」がなくなってしまう。大学側からすれば、早くなくなってしまった方がいい「悪習」だろうが、僕達は続けたいと思った。

作品のタイトルは『プラスチックの白夜に踊れば』。核戦争後の世界を描いた作品だ。大高と岩谷が核戦争を生き延びた二人。そこに、「世界再生委員会」という名前で、K

ＧＢやＣＩＡ、内閣調査室のスパイがからむ。世界を再生させる幻の情報を求めて人々は戦う。

まずは、大隈講堂の予定を調べた。大隈講堂で大規模なイベントがあれば、テントへの風当たりがきつくなるだろうと判断したのだ。「万葉集・友の会」を名乗って、大学の事務所に大隈講堂の予定を聞きに行った。春の時期で、一番スケジュールが入ってないのが、五月の連休だった。

「早稲田『新』劇場」は、三日間の公演だったが、僕達は一週間と決めた。全七ステージ。どうせやるなら派手にしようと思った。初日が五月三日で、楽日が五月九日。一週間も、大きな鯨が大隈講堂前にいることを想像したらワクワクした。

守衛さんの見回りが何時なのかも調べた。夜十二時に回った後は、深夜三時と早朝六時。

大隈講堂裏にテントを建てた時は、夜十二時に守衛さんが「はい、こんばんは」と言いながら、テントに入ってきた。泊り込んでいた僕達は、「こんばんは」と友好的に挨拶した。ケンカする意味がなかったし、なかには「風邪ひくなよ」と優しい声をかけてくれる人もいた。

「早稲田『新』劇場」の大橋さんのアドバイスで、公演が終わった後は、南門にある守衛さんの詰め所に、日本酒を二本持って訪ねた。「大隈裏の劇研ですけど、無事に公演が終わりました。もう泊まり込みは終わりです。ありがとうございました」と挨拶した。守衛さんは嬉しそうに受け取ってくれた。泊まってはいけないという規則を聞いたことはなかったが、一応、大橋さんの言葉で言うと「仁義を通した」のだ。

守衛さんは、若いほど高圧的で、年が上になると優しかった。学生運動を経験したかどうかで、分かれるんじゃないかと思った。

無許可で大隈講堂前の広場にテントを建てるという部分を読んで、「なんてひどい。なんて身勝手な」と感じる読者がいるかもしれない。が、十年前、一九七〇年前後の学生運動の時代には、大隈講堂の中で、学生達がたき火をして芋を焼いたことがあった。教授達は、大慌てで教授会を開いて、機動隊を導入するかどうか議論した。学問の府で、国家権力に簡単に頼っていいのかと、議論は百出した。数時間の激論の末、機動隊導入を決め、出動を依頼し、機動隊が到着した時には、学生達は焼き芋を食べ終えて、解散していた。大隈講堂の中には、焼き芋の皮が散乱していたという。

それに比べたら、大隈講堂前にテントを建てて公演するぐらい可愛いものだと思うのだが、それは身勝手な理屈だと言われたら、その通りとしか言いようがない。反論の言葉はきっぱりとない。

学生運動の時代が歴史になっていく中で、「鴻上さんは、学生運動の時代なんでしょう」と若い奴から言われることが多くなった。十年違う。たかが十年と思うかもしれないが、この差は決定的だ。僕が大学に入学した時は、祭りの後だった。祭りが終わり、ゴミが散乱し、人々がいなくなり、祭りのあまりの盛り上がりに恐怖した管理者が、祭りの反動で規則を厳重にした。

輝く時代に、青春を謳歌したのは、団塊《だんかい》の世代の人達だ。「団塊」。この言葉を二〇二二年、NHKの若い女性アナウンサーが「ダンコン」と読んだ。遠い過去の言葉になってしまった。混沌の時代の十年後には、管理された廃墟しかなかった。やがてそれは、二十一世紀の「清潔な廃墟」に続いていく。

だから、無許可で大隈講堂前にテントを建てるというのは、おおらかで、混沌として、寛容な時代の匂いを消さないことだと一九八二年に思っていた。無秩序ではない。ちゃんと大隈講堂のスケジュールを調べ、邪魔にならない期間を選んだ。自分達の都合だけを主張しているのではない、と思っていた。

まず、大隈講堂裏の劇研広場に、本番と同じデザインのテントを建てた。物語の最後、イントレの三段目に大高イントレ三段二組を舞台の一番後ろに配置した。物語の最後、イントレの三段目に大高と岩谷が登って、「やられちまったなあ」と核戦争後の廃墟をしみじみと見つめながら語り合うシーンのためだ。

公演を知らせるチラシや立て看板には「大隈裏テント」と書いた。大高がはしゃいだのか悪ノリしたのか立て看板に「大隈前テント」と書いた。すぐに、それを見つけた大学職員が「どういうことだ？」と詰問にきた。僕達は慌てて「書き間違いました」と答えた。大高は頼りになるのか頼りにならないのか、全く分からなかった。

四月三十日。劇研広場のテントを解体し、イントレや鉄パイプ、平台、箱馬などを、翌日、搬出しやすいように積み重ねた。

五月一日。作業開始は早朝四時。もちろん、電車は動いてないため、早稲田に下宿のある劇研員の所に分散したり、アトリエの寝袋で寝たりした。テントを建てる時は、アンサンブルではなく劇研全員で参加するので、総勢五十名ほど。

激しい雨がアトリエの屋根を打つ音で、三時過ぎに目が醒めた。

まずは、先遣隊として、僕と何人かのスタッフが大隈前へ。辺りはまだ暗く、街灯のオレンジ色が広場と激しい雨をぼんやりと照らし出していた。すぐにどこにイントレと支柱の鉄パイプを立てるかを測量し始めた。

朝六時、守衛さんが見回りに来るまでに、骨組みを作り、テントを一部でも被せることが絶対の目標だった。そこまで完成していれば、大学側も、簡単には壊せと言わないいんじゃないかと考えた。時間との戦いだった。

だが、予想外のことが起こった。チョークでバッテン印を地面に描いても描いても、激しい雨が洗い流していくのだ。

計画では、同時にいくつかのパーツを作って、一気に骨組みを立ち上げる予定だった。けれど、立てる場所が分からなければ、それはできない。

四時になり、イントレや鉄パイプを持った劇研員が大隈講堂裏から現れた。僕は雨で消えていくチョークの印に頼るのを諦め、目見当でまずイントレの場所を指示した。

何度かの試行錯誤の後、基本的な位置関係が決まった。舞台の幅、奥行、方向、角度、客席の幅、長さがようやく見えてきた。

雨は小降りになり、早朝六時、基本的な骨組みの半分が、なんとか完成した。

南門の守衛詰め所から、ゆっくりと守衛さんがやって来るのが、三段のイントレの上から見えた。

守衛さんは、顔を上げて、大隈前に立っているものを見た瞬間、歩みを止めた。しばらくじっと見つめた。これはなんだという顔をしていた。数秒後、守衛さんはくるりと振り返り、走り去った。

さあ、これからが本番だと思った。

五分もしないうちに、守衛さんの団体がやってきた。

「責任者は誰だ!?」いかにも、体育会出身筋トレ命という感じの守衛さんが叫んだ。

「あのー、僕達は責任者という形のヒエラルキーを拒否しているので、リーダーはいないんです。リゾーム型の組織なんです」イントレから下りた僕は答えた。フランス構造主義が流行し、ノマドとかリゾームなんて概念がもてはやされていた時代だ。言いながらもよく分かってない。

納得できない顔で、守衛さんは「お前たちは演劇研究会なんだな。『第三舞台』っていう劇団なんだな」と声を荒らげた。「はい。リゾーム型の『第三舞台』です」と答えた。

守衛さんの団体は、ムッとした顔で戻っていった。三十分ほどして、また、守衛さんの団体はやってきた。

「責任者が分かったぞ！　責任者は鴻上だ！　鴻上はどこだ！」

大学当局に問い合わせたらしい。全員で、なんとなく小須田康人を見つめた。「小須田・鴻上作戦」の開始だ。劇団の中で一番賢そうに見える小須田を鴻上にしたのだ。マッチョな守衛さんは「お前が鴻上か！」と言って、小須田の手を引っ張った。小須田は、黙ってついて行った。

もちろん、これは守衛さんをからかうことが目的ではない。とにかく時間を稼いで、その間にテントを完成させるために、いろんな方法を考えたのだ。テントが完全に完成していれば「これを壊せ！」と言われても「いやあ、これ壊すの一週間はかかるんです」と言えるんじゃないかという人間心理を巧みについた作戦、と言うほどでもないか。

十分ほどして、マッチョな守衛さんは小須田と一緒に「こいつは鴻上じゃない！」と叫びながら戻ってきた。

「お前ら、嘘つくなよ！」守衛さんは叫んだ。いや、誰も小須田を鴻上と言ってない。ただ、「鴻上はどこだ！」と叫ばれた後、なんとなく小須田を見つめただけだ。

なんとなくすることとって、人間にはある。扇風機が回っていたら「あ〜」と声を出してみたり、とんがりコーンを指にはめてみたり、チョコポッキーのチョコレートだけをなめてポッキーにしてみたり。

守衛さんは帰り、作業が続いた。八時になってようやく骨組みが完成した。すぐに、テントシートを骨組みの上に上げる準備が始まった。かつてない速度だった。雨は完全に止み、作業速度がさらに上がった。

九時近くになって、大学の職員さんがやってきて、僕に近づき「鴻上君だね。ちょっと来てくれるかな」と穏やかに言った。どうして面が割れているのか不思議だったが、「はあ」と答えた。一緒に歩きながら、職員さんは、「鴻上君、単位あんまり取ってないね。授業、出てないんだ。大丈夫？」と言った。また、「はあ」と答えた。

学生課と書かれた建物の奥に案内された。ドアを開けると、奥の椅子に貫禄のある背広姿の中年男性が座っていた。学生部長らしかった。その前に座るように言われた。

学生部長は黙って僕を見つめた。いきなりじっとりとした沈黙が流れた。

「今すぐ、撤去しなさい」ようやく学生部長は口を開いた。

「それはできないんです」

また沈黙が訪れた。

「いつまで建てておくつもりなんだね？」

「一週間後です」

公演期間は一週間だが、今日から数えると九日間になる。だが、こう答えた方がいいだろうと思った。

学生部長は、ゆっくりとうなづいた。そして、ドアの方に向かって、おもむろに手を伸ばした。もう立ちなさい、という意味に思えた。

許可するとも許可しないとも言わないまま、もう立てと言う。これが大人の腹芸というやつかと驚いた。なんだか感動して、思わずお辞儀をして部屋を出た。二十三歳で、初めて大人の腹芸に出合った瞬間だった。
テントに戻り、みんなに報告し、大急ぎで舞台と客席を作り始めた。祭の始まりだった。
しばらくして、また守衛さんは団体でやってきて、テントの横に立札を立てた。

「　　　　　告
五月一日早朝より、大隈講堂前広場に学生部の制止を無視して建造物を構築しているが、大学はこのような構築物の設営を絶対に認めることはできない。即刻撤去するよう警告する。
昭和五十七年五月一日
早稲田大学」

すぐにこの立札の横にもうひとつの立札を立てた。

「　　　　　告
五月一日早朝より、大隈講堂前広場に劇団の制止を無視して立札を構築しているが、劇団はこのような立札の設営を絶対に認めることはできない。即刻撤去するよう警告する。
昭和五十七年五月一日
早稲田大学演劇研究会
第三舞台」

立札を立てながら、こんなナメた真似をするならやっぱり許可しない、機動隊にぶっつぶしてもらうと言われたらどうしようと、少しドキドキした。

初日の昼、大高がリクルートカットでやってきた。核戦争後の廃墟をさまよう役なのに、見事にきれいに刈り上げられたヘアスタイルだった。就職活動のために切ったのだ。大高は就職しても芝居は続けたいと言っていた。

初日のクライマックス、傷ついた岩谷に大高は、この廃墟を出て旅立とうという。「どこだよ?」岩谷が聞く。「グリーンランドだ!」と大高が答えた瞬間、ドサッと舞台の後ろの壁が落ちる。

二人の後ろに早大の正門が見え、その奥にキャンパスのビルが明かりに浮かび上がる。二人はゆっくりと振り向く。傷ついた岩谷の手を大高は肩に回し、支えながらゆっくりと進んでいく。物語の廃墟から現実という名の廃墟へ。核戦争後の廃墟から、核戦争前の廃墟へ。

二人の後ろ姿が小さくなっていくと、落ちた壁（ブルーシートと暗幕を重ねたもの）が、ゆっくりとまた上がっていき、二人の姿を隠した。新人たちがロープで引っ張ったのだ。

壁が完全に元に戻り、舞台は暗転。それが物語の終わりだった。

一番大変だったのは、テントの後ろの壁が落ち、早大の風景が見えた瞬間だった。人間が誰もいない風景の中で、二人がゆっくりと歩いていきたかった。それが、「早稲田『新劇場』」との違いだった。必然的に、大隈通りというきわめて交通量の多い場所を、通行止めにする必要があった。なんの正当性も権利もないので、ただお願いした。車もバイクも自転車も通行人にも、ほんの一分ほど待ってもらいたいと。

この役目は、スタッフと新人に任された。ほとんどの人は、待ってくれた。

一度、客席で芝居を見ている時、後ろからスタッフに呼ばれた。スタッフは焦った顔をしていた。なんだろうと外に出て、導かれた場所に行ってみると、テントの正面、ラスト、二人が出て行く大隈通りに大型バスが停車していた。

新人が泣きそうな顔で、「どんなに言っても移動してくれません。ここが集合場所だって言うんです」と言った。

それを聞いて、スタッフが頼みに行ったが、まったく話を聞いてくれないと言う。もうどうしようもないと、スタッフも困惑していた。

移動しなければ、ラスト、テントの後ろの壁が落ちたら大型バスが見える。観客は、バスの横に書いてあるバス会社のロゴを見つめるだろう。

それでは、二人はグリーンランドに行くために、小田急バスに乗ることになる。二時間の芝居が最後の最後で台無しだ。

僕はバスの運転席の近くに急いだ。真面目そうな運転手さんと中年男性のベテランっぽい添乗員さんがいた。「すみません。この場所はまずいんです。もう少し、左に移動してくれませんか？」僕は丁寧に言った。

「何回言われてもダメだよ」添乗員さんが、チラッと僕を見て言った。

「お願いします」「ダメだって言っただろ。ここが集合場所なんだから、移動できないの」

添乗員さんはうんざりした顔で言った。

「分かりました。じゃあ、ほんの一瞬でいいんです。ほんの一瞬、一分間ぐらい、この場所を移動してくれませんか。すぐにすみますから」

「だからさあ……」

「お願いします！」僕は土下座した。「ほんの一分なんです。一分間だけ、ここを空けてもらえばそれでいいんです。お願いします！」

頭を大隈講堂の広場のコンクリートにこすりつけた。

大きな声を出すとテントの中まで聞こえてしまうので、必死で声を抑えて絞り出した。必死の形相に必死の声。

それが効いたのかもしれない。彼らは、壁が落ちる直前にバスを動かしてくれた。

あんなに真剣に頼み込んだのは人生でなかったように思う。それも演劇の魔力なのかもしれない。

テントの横に作った小さな楽屋に本番中、筒井真理子《つついまりこ》が「だ、第三舞台に入れて下さい！」と叫んで飛び込んできた。ちょうどメイクを直していた大高が、はがい締めにして追い出した。

五月一日にテントを建ててから、毎晩、テントの防衛のために泊り込んだ。大隈裏よりも、大隈前は夜中、酔っぱらいが侵入したり、機材を盗まれたりする可能性が高かった。責任者として、僕がいないとまずいだろうと、両親が故郷から芝居を見に来た夜以外は毎晩泊まった。それにスタッフと腕っぷしが強そうな男性新人を交代でひとりずつ。

幕が開いて三日目の夜、「ラーメン～」という声が聞こえてきた。夜十二時過ぎていた。テントを出ると、ラーメンの屋台をひいた若い男性がいた。兄《あん》ちゃんという呼び方が似合う風貌だった。彼はしげしげとテントを見上げていた。

「これはなんだ？」兄ちゃんは、かんに堪えたような声を出した。

芝居をしているんだと説明すると、彼は自分の話を始めた。ふだんは新宿が縄張りなんだが、今日はここまで来た、本当は縄張りを外れるとヤクザに怒られると。

いい匂いがしたので、ラーメンを頼んだ。テントの傍、大隈講堂の広場に座って、星空を見上げながら、ラーメンを食べた。美味しかった。

それから、毎日、屋台の兄ちゃんは夜十二時過ぎにやってきた。僕達も、ラーメンを食べるのが日課になった。五月八日の夜も兄ちゃんは来た。ラーメンを食べ終わると、兄ちゃんは「明日も来るから」と言った。

「明日はもういないんだ」僕は答えた。「明日は、これ、壊しちゃうから」

兄ちゃんは驚いた顔をした。「壊しちゃうのか」夜の底に横たわる黒い鯨を兄ちゃんは見上げた。

「壊しちゃうのか」兄ちゃんはもう一度、つぶやいた。

「毎日、ありがとう。ごちそうさま」僕は言った。

屋台を引いて去りかけた兄ちゃんが振り返った。「あのさ、いっぺんで疲れが取れる薬があるんだけど、いらないか？」

僕は微笑んで首を振った。「いらない。まだ、いらないよ」

兄ちゃんは小さくうなづいて去って行った。

19

二十三歳の秋、第四回目の公演は、再び「劇研広場」にテントを建てた。『電気羊はカーニバルの口笛を吹く』という、あきらかにフィリップ・K・ディックに影響されたタイトルの芝居だった。

女優の山下裕子《やましたひろこ》が豪快に岩谷を投げ飛ばすシーンが楽しかった。

芝居のラストに、三百本近い花火を、何ヵ所かで同時に燃やした。夏に遊ぶ手持ちの花火を三十本ぐらいまとめてテープで巻いて、一気に火をつけて装置のあちこちから突き出したのだ。

芝居が終わり、お客さんを送り出していると一人の観客が近づいてきて「あのー、テントが燃えてるんですけど」と遠慮がちに言った。あわてて、テントの中に入り、客席の上部を見上げると、クランプを包んだドンゴロスがちろちろと燃えていた。

ここで慌てるとお客さんがパニックになると思い、「これは予定通りです」という顔をして、脚立を取りにいき、濡らした雑巾で火を消した。

観客は千百人。第三回の『プラスチックの白夜に踊れば』が千二百人で、三百人の旗揚げから、六百人、千二百人と順調に増えていたのが、初めて減った。

この結果に、もう僕は、みんなにセリフを書いている場合ではないと腹を括った。どんなに熱心でも、どんなに真面目でも、どんなに作業をしてくれても、「君には役はないよ」と言う厳しさが必要だと決心した。岩谷に言われてから、三本も芝居をした後だった。

この時期、有名なプロの座長のエピソードを知った。芝居が終わった後、ミスをした新人が座長の楽屋に謝りに行くと、「いいのよ。あなたを採用した私が悪いんだから」と真顔で言ったという。初めて聞いた時は、なんて意地悪なんだろうと思った。けれど、プロにならないといけないんだという決心をした後だと印象は百八十度変わった。座長の気持ちがよく分かった。素人を採用したり役を与えたりしたら、それは座長の責任なのだ。悪いのは座長であって、抜擢された素人ではない。

ただ、「第三舞台」は、「劇研」のアンサンブルだから、学生サークルとして入団者を引き受けるという責任があった。

来る者を拒むためには、プロ宣言をして一刻も早く劇研を出るしかないのだ。「早稲田『新』劇場」が選んだ道だ。

だが、それをすることは、「劇研」の財産であるテントやアトリエ、照明機材等が使えなくなる、ということを意味していた。

いつかは出なければ。だが、それはいつだとリアルに考えるようになった。

旗揚げメンバーだった森下義貴が就職のために抜けた。

お世話になった「新機劇」が、解散を決め、サヨナラ公演を予定していた。だが、劇団が混乱し、サヨナラ公演そのものが中止になった。中止を知らず、劇研広場に来た観客には、コージさんが書いた「さよならも言えないで」という文章が渡された。

「第三舞台」第五回公演は、テントを出て、シアターグリーンという小劇場で公演した。『朝日のような夕日をつれて'83』。はっきりとプロになることを意識して、いつもの春と秋の公演以外に、初めて冬二月に公演を打ったのだ。

観客数千八百人。岩谷真哉のゴドー1は、見事としか言いようがなかった。軽やかに踊る身体が鞭のようにしなった。岩谷個人のファンもだんだんと増えてきた。

大高と小須田のウラヤマとエスカワのコンビ、そして、熱血名越のゴドー2、さらに安《やす》田《だ》雅弘《まさひろ》の少年のコンビネーションは見事で、初期の『朝日〜』の傑作になった。

舞台は、最初はやめて、最後に斜めにするだけにした。最後に舞台が動くという驚きを取ったのだ。

この公演を見た弓立社《ゆだち》という出版社の社長さんが興奮して、「戯曲を出版しましょう!」と言ってくれた。初版は六百部。印税は、半分の三百部の現物支給だった。結果的に、『朝日のような夕日をつれて』の八三年度バージョンは二万部ほど売れた。

本の表紙を、ポスターのデザインと同じ鈴木成一《すずきせいいち》さんに頼んだ。弓立社で打ち合わせをしている時に、社長さんの何かのオーダーにカチンと来たようで「じゃあ、僕はこの仕事はできませんから」と立ち上がろうとした。「まあまあ、鈴木さん。そう言わないで」と僕はとっさに彼の手を引っ張って座らせた。

本の表紙は鈴木さんの才能が爆発していて、斬新で素敵だった。鈴木さんは、すぐに話題の人になり、やがて日本を代表するブックデザイナーになった。書店で鈴木さんのデザインの本を手にするたびに、あの時、もし手を引っ張ってなかったらどうなっていたんだろうと、ふと思う。

一九八三年。劇研五年目、大学六年生。

六月に『リレイヤー』という芝居を劇研広場でやった。大隈講堂前広場に出ないのは、公演期間が長くなってきたからだ。十日、十ステージ。準備を含めればテントが建つ期間は最低でも二週間にはなるだろう。こんなに長く大隈前広場にいては、いろいろと問題になるだろうと判断した。

大高は卒業して、テレビ制作会社に就職した。撮影隊のクルーを務めていたので、就労時間が不規則で、毎日、何時に終わるか分からなかった。それでも、大高はできるなら出演したいと言うので、池田成志《いけだなるし》とダブル（同じ役を二人が演じる）にした。

開演は午後七時で、大高が六時半の段階で来られない時は、成志が出演するというシステムを取った。時代的には、もちろんまだ携帯電話がなく、長屋にはそもそも固定電話もなかった。つまりは、成志も僕も六時半まで大高を待つだけだった。今日、出演できるかどうか、ギリギリまで分からないシステムは、成志に本当に申し訳ないことをしたと思った。千秋楽の前日、「明日は、大高が間に合っても、成志でいきます」と宣言した。

お客は二千人を突破したが、作品としてはうまくいかなかった。劇団の話にしたのだ。劇団をやめていく奴と続けようとする奴の話。あまりに生々しかった。

学生劇団は、「卒業、就職、結婚」で三度揺れると書いた。例えばそれは、学生バンドも同じだろう。このまま続けてメジャーになれるのか、故郷の親は就職しろと言ってくる、つきあっている相手は安定した職業を求め始めた……。

集団が不安に支配され始めると、関係は破綻する。絶妙のチームワークと見られていた集団が、あっと言う間に解散する。

もうひとつ、関係を壊す可能性があるものが存在する。恋愛だ。

濃密な人間関係の中では、それは必ず起こる。「劇団内恋愛禁止」というルールをかかげた集団もあったが、それは無理だろうと思っていた。

カップルになる二人には、「劇団内でつきあうのは何の問題もないと思うよ。ただ、もし、将来、不幸にも別れることになったとしても、劇団員として一緒に芝居を作れる関係であってね。あの人とはもうやりたくないとか、恋人同士の役はやめて下さい、なんて言わないでね」と、半ばジョークのように言っていた。

当然だが、この言葉は、やがて、自分にも返ってくることになる。

「創作と恋愛」がぶつかることもある。劇団を作る前には想像もつかなかったことだ。

ある芝居の稽古を続けていた。僕は自分の恋人に重要な役を振っていた。だが、彼女はどうしてもうまくセリフを言えなかった。

周りの登場人物は、そのセリフを聞いて気持ちが変わり、行動を変えるという設定だった。だが、誰も心から納得できている感じではなかった。

試しにと、そのセリフを別の女優に言ってもらった。説得力があった。周りの登場人物がその言葉をちゃんと受け止めているのが分かった。どう見ても、その役に相応しいのは、その女優の方だった。

僕は稽古を中断し、考え、再開した時に、役の交代を告げていた。恋人は表情を変えないまま、僕をじっと見ていた。

問題は、以前から、その夜、僕のアパートに来る約束をしていたことだった。稽古中は、一週間に一回ぐらいしかお互いプライベートでは会えなかった。彼女の役を交代した夜が、一週間ぶりのデートの夜だった。

稽古が終わって、駅に向かう途中に彼女はいた。アパートに行くと言った。僕はうなづいた。ここで断ると、二人の関係自体が終わるような気がしたのだ。創作と恋愛は別のことだと思いたかった。

アパートでは、彼女も僕も役の話はいっさいしなかった。彼女が言い出したらどうしようと身構えていたが、彼女は最近見たテレビと友達の話をしただけだった。僕もまた、その話をうんうんと聞きながら、別のテレビの話をした。

彼女は、意地でアパートに来たのかもしれないと思った。今日、デートの約束を解消して、独り自分のアパートに帰ったら、本当の負けになると思ったのだろうか。それとも、僕と同じで、稽古と恋愛は別だと思いたいから来てくれたんだろうか。彼女の真意は分からなかった。

夜中、隣で眠る彼女の寝息を聞きながら、心の中は強張っていた。彼女への申し訳なさと、芝居のためには当然のことをしたという思いと、これからもこういうことが起こるのだろうという予感と、いつまでこういうことに耐えられるんだろうかという恐れと。

『リレイヤー』は、劇団を続ける中で起こるそんなさまざまな不安や葛藤、希望と絶望を描こうとした。

手に余るテーマだった。人間関係の生々しさに比べて、観客に渡すべき希望が見えなかった。作品として、完全に未消化だった。

打ち上げの夜、大隈講堂前で二次会をしていると、大高が「鴻上、俺、仕事やめる。役者をやるよ」と言った。その言葉を聞いて泣いた。

20

この年、一九八三年に「九月卒業」という前期で卒業する中途半端な形で、五年半の大学生生活を終えた。

「九月卒業」を申し込んだ後、映画や国鉄（今のＪＲ）等の学割を計算したら、学費より割引金額の方が大きく、「九月卒業」するのは損だと分かった。

夏休み前、事務所に「九月卒業、やめたいんですけど」と言いに行くと、「もう卒業証書、出てるよ」と言われ「はい。おめでと」と商店街の福引で六等のポケットティッシュが当たったような言い方で渡された。しょうがないので、そのまま小包で実家に送った。

十月、『デジャ・ヴュ』という作品を劇研広場のテントで上演した。『リレイヤー』の生々しさに懲りて、表層を思いっきり走る作品を書いた。深層はちゃんとある。けれど、だからこそ、表層を戯れる。

制作スタッフから、紀伊國屋ホールの人が見に来ていますと言われて緊張した。その当時、紀伊國屋ホールは、演劇をする者のひとつの憧れだった。つかこうへい氏が、毎年、『熱海殺人事件』を上演していた。その時その時の最も旬な作品や、定評のある作品を選んでいた。

『デジャ・ヴュ』を見終わった後、ぜひ、紀伊國屋ホールでやって欲しいと言う連絡が来た。紀伊國屋ホールは、上演する団体を自分達で選ぶのだ。旗揚げして、二年半で紀伊國屋ホール進出が決まった。公演時期は、八五年二月。一年三ヵ月後だ。

この作品で、いきなり好意的な劇評がいろんな雑誌や新聞に十近く出た。そうか、こういうのが受けるのかと思った。観客は二千五百人を超えた。

「第三舞台」をめぐる風景が変わった。

八四年二月は下北沢にある有名な小劇場「ザ・スズナリ」の企画で参加した。若手五劇団連続競演で、近未来がテーマだった。『宇宙で眠るための方法について』の再演を選んだ。

旗揚げメンバーだった森下義貴も、仕事をやめて戻ってきた。だが、初演の時に森下がやっていた役は小須田が演じるように決めた。

森下は信じられない顔をした。僕は何も言えず、心の中で、整理できない固まりが軋んでいた。

観客は三千人を突破した。

八四年六月一日から十七日まで、劇研広場で『プラスチックの白夜に踊れば』の再演を最後に、劇研を卒業することに決めた。

「第三舞台」を作って四年目、劇研にいる年数としては六年目になる。そろそろ、卒業しないと次の世代に申し訳ないと思った。テントやアトリエが使えなくなっても、なんとかなるだろうと考えた。アンサンブルはAが作ったものと、新機劇の脚本家だったコージさんが新たに作ったものが二つあった。

五月八日。朝、荻窪のアパートで寝ていたら電話が鳴った。

寝ぼけた頭で受話器を取れば、相手はテントに泊り込んでいたスタッフだった。五月に入って、劇研広場にテントを建てて、いつものように、照明機材や音響機材を守るために、順番に泊り込んでいた。

スタッフは、今、大学の職員が来て、岩谷真哉という学生は劇研の所属かと聞かれたので、そうだと答えたら、交通事故にあって亡くなったと言われたと告げた。

悪い夢を見ていると思った。

アパートを飛び出して、教えられた十条にある病院に向かった。思考は止まったままだった。受付で岩谷の名前を言うと、案内されたのは、大きな病院の外れにある小さな建物だった。警官が何人かいて、その一人に、案内してくれた看護師が「友人の方です」と告げた。

部屋に入った瞬間、ベッドにかけられた白い布に覆われた体から素足が出ているのが見えた。その足は、見慣れた岩谷の足だった。

白い布の下の岩谷は動かなかった。

岩谷は、劇団員の新人女性と一緒に高円寺に住んでいた。劇研までは、二五〇ccのバイクで通っていた。岩谷が運転し、女性が後ろにまたがるタンデムという形だ。

昨日の夜も、稽古を終えて、早稲田通りを走っていた。高円寺辺りで、一方通行を逆走した自動車が飛び出し、岩谷は避けようとして転倒、対向車線に投げ出され、前から来たタクシーに頭を強くぶつけた。

岩谷と彼女は別々の病院に運ばれ、岩谷は病院で死亡。彼女は全治二ヵ月の重傷だった。

警察は、岩谷の学生証を見て大学に連絡、大学は、どういう流れか、岩谷が劇研に所属していると分かってテントを訪ねたのだ。警察は、すでに岩谷のアパートの登録情報から、実家に連絡していると教えてくれた。

その足で、劇研に戻った。稽古にやってくる一人一人に、岩谷のことを告げた。みんな、信じられない顔をした。聞いた瞬間に、泣きながらしゃがみ込んだ奴もいた。

とりあえず、今日の稽古は中止にすると告げた。テントに入ると、ガランとしていた。岩谷は、その当時ヒットしていた映画『フットルース』のテーマ曲で踊る予定だった。カセットテープをセットして、大音量で流した。誰もいない舞台の上で岩谷が踊っているようだった。

岐阜の各務原市の岩谷の実家でおこなわれた葬式では、お母さんが半狂乱になっていた。岩谷の将来を本当に楽しみにしていた。それが二十二歳で突然、切断されたのだ。僕はかける言葉がなかった。

劇団で相談して、第九回公演の『プラスチックの白夜に踊れば』は中止にした。岩谷を失ってはとても作品として成立しないと思った。

ただ、お客さんと一緒に、岩谷を悼み、しのび、送り出したいと思った。劇団葬だ。

岩谷の歴史をお客さんと振り返りたかった。ただ、公演の写真は撮っていたが、音声はまったくなかった。

旗揚げの『朝日のような夕日をつれて』をこっそり録音して、それを何度も聞いている人がいると、人伝てに教えられていた。黙ってカセットデッキを持ち込んで、録音したのだろう。

公演中止のおわびと劇団葬の告知のハガキに、公演の音声を持っている人は連絡して欲しいと書いた。劇団葬で使いたいからと。

岩谷が出演しているすべての作品の録音カセットが集まった。何人ものお客さんは旗揚げから、こっそり芝居を録音していたのだ。

もちろん、違法なのだが、ありがたいと感謝して使わせてもらった。

一九八四年は、家庭用のビデオカメラが普及し始めた時期だった。だが、僕は「演劇とは風に記された文字である」というポリシーから、上演をビデオに残すつもりはなかった。ビデオに残さないからこそ、演劇なんだと思っていた。

でも、考えを変えた。もう少し早くビデオカメラが普及していたら、岩谷のお母さんに、演技する岩谷をちゃんと残してあげられたのにと思った。次に誰かが亡くなっても、遺族の人に音声や映像を残すことが演出家の義務だと考えるようになった。

寄せられた音声と、岩谷の写真と使った曲を合わせて、第一回から第八回公演までを振り返る作品を作った。それに、わずかのビデオ——テレビの取材で撮影された稽古風景と、商業イベントで上演した『朝日〜』の一部分を足した。

劇団葬は、六月十七日、劇団葬用に建て直した特設テントでおこなわれた。当初は、一回だけの予定だったが、参列希望者が溢れたので、急遽、一日二回にした。

会葬者に配った「御礼」という文章には、「どうか岩谷真哉を愛して下さったお客様、いつものように笑顔と拍手で送り出してやって下さい」と書いた。

二百人以上の参列者がテントの中に集まった。ＹＭＯの『ジ・エンド・オブ・エイジア』の音楽と共に、テントが暗くなり、祭壇がある正面にスクリーンが下ろされた。『朝日のような夕日をつれて』の岩谷の姿がスライド写真で一杯に映された。同時に、ゴドー1を演じる岩谷の声が響く。

会葬者は岩谷の演技に笑った。音声とスライド写真と音楽だけだったけれど、岩谷の演技をリアルに見ているような感覚になった。

みんな、岩谷の演技に大声で笑いながら、泣いていた。目を真っ赤にして泣きはらしながら、笑っていた。わずかのビデオには、みんな歓声を上げた。

総てのスライド写真とビデオの上映が終わった後、暗かったテントに明かりが戻った。

上映用のスクリーンが上がり、祭壇に微笑む岩谷の遺影が現れた。

熱烈な拍手が起こった。

拍手はやまなかった。

スライド・プロジェクターのスイッチを握ったまま、僕は岩谷の遺影に向かって「岩谷、岩谷、岩谷、岩谷」とつぶやき続けていた。

21

岩谷のバイクの後ろに乗っていた彼女の意識は、一週間ほどで回復していた。

「岩谷さんは？」という問いかけに、医者は家族に対して、「彼女にショックを与えるから、本当のことはまだ言わない方がいい」とアドバイスしていた。体調の面から心配したことはもちろんだが、岩谷が亡くなったと知ったら、彼女は錯乱し後を追うんじゃないかと医者も家族も心配した。

どちらかというと、彼女の方が岩谷にベタ惚れしていて、もし事実を知ったら、彼女の精神は支えを失い、暴走し、壊れるんじゃないかという予感を僕も持っていた。

家族は医者の助言に従い、「岩谷さんは今、別の病院に入院している」と彼女に言った。

彼女より重傷なので、専門の大学病院に入院している。けれど、命には別状はないと。

僕も彼女の見舞いに行き、岩谷はちゃんと回復していると言った。だから気持ちをしっかり持って、早く治そうと思わないと。早く治って会いに行かないと。彼女は力強くうなづいた。

そして、彼女は回復していった。二ヵ月たって退院が近づくにつれ、彼女は、「岩谷さんにいつ会えるの？」と頻繁に口にするようになった。

彼女の小柄な母親は、僕の口から岩谷のことを告げてくれないかと言った。その疲れ切った口調があまりにも切なくて哀しくて、僕は分かりましたと答えた。

退院の日、二人が住んでいた高円寺のアパートに彼女を連れて戻った。部屋の中は、事故のあった日のままで、岩谷の日常がそこにあった。

彼女と二人でお茶を飲み、一区切りついた所で、僕はゆっくりと岩谷のことを切り出した。それは、非常に短い言葉だった。ずっと嘘をついていた。岩谷はもういない。

彼女は、一瞬、無表情になった。僕が何を言っているか理解できない顔を向けた。岩谷は死んだんだと、僕はもう一度言った。

次の瞬間、彼女は弾けるように立ち上がり、ドアから靴を履かず飛び出した。

僕は慌てて彼女を追いかけた。靴は履いたと思う。それは習慣なのか、その方が速く走れると瞬間的に考えたからか、よく分からない。

アパートを飛び出すと、路地の向こうに彼女の走り去る背中が見えた。彼女は事故現場に全力で向かっているんだと感じた。アパートから、早稲田通りの事故現場は近かった。僕も全力で走り出した。彼女は足が速く、僕は「箱根山」以来、ずっと走ることが苦手だった。

彼女の背中には、事故現場に行くんだという以上の強い意志が感じられた。岩谷が死んだ場所に自分も早く行かなければ。

走ることが苦手でもスピードが遅くても、彼女に追いつかないといけないという猛烈な焦りがあった。僕は、生まれて初めて、本当に死に物狂いで走った。この必死さに比べたら、運動会の一〇〇メートル競走なんてなんでもないと後から思った。走っている最中は、何も考えられなかった。自分の手足がどうなっているかとか、心臓がバクバクしているとか、息が苦しいとか、そんなことさえ走っている間は感じなかった。ただ、走らなければと死に物狂いだった。

彼女が一瞬、分かれ道でどちらに行けばいいのかと迷い、引き返して走り出した瞬間、僕は彼女の背中に飛びついた。後ろから彼女を抱きしめ、引き戻そうとした。彼女は暴れ、僕は離さないように力を込めた。

何分間、格闘していたのか。彼女はやがて、号泣しながら道路に座り込んだ。彼女から手を離した時、僕は自分自身が吐きそうなぐらい息が上がっていることに初めて気が付いた。足が震え、心臓がバクバクし、胃が痙攣していた。気付きながら、地面に崩れて泣いている彼女の背中をさすっていた。

やがて、彼女はアパートに戻り、ぽつぽつと話をした。彼女は泣き、話し、放心し、また泣いた。

岩谷のことは予感があって、だけどそれを確かめるのが恐くて今日まできたと彼女は言った。僕は、彼女が泣けばティッシュを渡し、紅茶を作り、彼女の言葉に黙ってうなづいた。

夜、彼女の母親と交代して、僕はアパートを去った。彼女はその後、回復したように見えた。心の深い所はもちろん分からない。彼女は「第三舞台」をやめ、公演も見に来なくなった。その後、一度も僕は彼女と会っていない。

この出来事は、二十年以上、誰にも話したことがなかった。彼女の母親にも、言わなかった。それは、誰にも言う必要がないと思ったからだが、もうひとつ、劇団を続けるということは、こういうことがこれからも起こるんだ、それを僕はちゃんと引き受けるんだと決意したからでもあった。

痩せた母親は、彼女の発作的な行動を止める体力も自信もないようだと僕は感じていた。だから、母親は僕に告げるように依頼したんだと思った。僕なら彼女がどんな行動を取っても、防ぐ体力があると思ったのだろう。

残念ながらそれは誤解で、あの時、彼女が一瞬、走る道を迷わなかったら、そのまま車が行き交う早稲田通りに飛び込んでいた可能性が大きい。その後、息をゼエゼエ言わせた僕が、道路に向かって叫んでいただろう。

それでも、劇団を続けることで起こることは引き受けようという決意だけはあって、それはなんの根拠にも体力にも裏打ちされていない決意なのだが、それでもしっかりと決意だけはあった。

劇団という言葉を聞くと、僕はあの時の風景を思い出す。路地の先を走り抜けていく彼女の背中だ。その背中は、走りながら見つめているので、常に小刻みに揺れている。揺れながら、風も当たっている。それが、僕にとって劇団の風景だ。

22

公演が中止になって、急に時間ができた。その当時流行っていたレンタルビデオを借りて、映画ばかり見ていた。

『卒業』を見て、最後、逃げ出した花嫁と一緒にバスに乗ったダスティン・ホフマンはどうなったんだろうと思った。『小さな恋のメロディ』を見て、最後、線路をトロッコのようなものに乗って逃げていく二人はどうなったんだろうと思った。『風と共に去りぬ』を見て、本当に明日は明日の風が吹くんだろうか、もし明日も今日と同じ風が吹いたらどうなるんだろうと思った。

物語は終わる。でも、人生は続いていく。終わった物語を生きなければいけない人達は、どんな毎日を過ごすのだろうか。

そう思って、第十回公演『モダン・ホラー』という作品を書いた。九月、「ザ・スズナリ」での公演だった。前回の作品で劇研を卒業する予定で予約していたのだ。この公演で、劇研を卒業することにした。

出演者オーディションをしたり、劇研の他のアンサンブルのメンバーに出てもらったりと「第三舞台」最多の二十人という人数で公演をした。岩谷がいない物語をどう作り上げればいいか消化不良で、なかなかうまくいかなかった。

稽古をしている時、オーディションで採用したXが悩んでいるという話が聞こえてきた。Xは、次の「第三舞台」を背負う俳優になるだろうと期待していた。

悩みは、俳優Aから、「第三舞台は私のもので、大きな顔をするな」と言われたと言うものだった。そんなことを言う俳優Aだとは思えなかったので、驚いた。

また、俳優Bから夜中に電話が頻繁にかかって来て、眠らせてくれなくてつらいとXは周囲に言っていた。

俳優Bも、そんなことをする人間には思えなかったので、直接会って二人きりで話した。俳優Aも俳優Bも、意外な顔をして、ただ驚いていた。自分がそんなことを言ったことも、したこともないと答えた。

それからも、Xは、あの俳優にこんなことを言われた、あの俳優にこんなことをされた。本当につらいと、周囲に言った。

本番が始まってしばらくしたら、制作スタッフが深刻な顔で観客が書いた一枚のアンケートを持ってきた。それには、「嘘をついて人をおとしいれる癖は治りましたか？　Xさん」と書かれていた。

Xはオーディションの参加なので、以前の生活は詳しくは分からなかった。

本番が終わって、Xと二人きりで話した。Xの言っていたことをひとつひとつ確認した。誰にいつどこでどう言われたか。いくつか、明らかに辻褄の合わないことがあったが、Xは、全部、本当のことだと言った。確信に満ちた顔だった。僕が事情を知らない観客なら、完全に納得させられる表情だった。

オーディションで参加した俳優達には、公演の後に「第三舞台」に続けて参加してもらうかどうかを決めると告げていた。Xには、丁寧に今回だけですと告げた。それも劇団の主宰者の仕事だった。

立ち止まるわけにはいかなかった。

翌年一九八五年二月には、紀伊國屋ホールでの公演が待っていた。紀伊國屋ホールの人から、「どうしますか?」という連絡があった。劇団の看板俳優を失って、公演はするのですかという意味だった。「やります」と僕は答えた。

23

二月の紀伊國屋ホールの公演には、前から『朝日のような夕日をつれて』をすることに決めていた。里美を始めとした女優達は不満顔だったが、絶対に成功させないといけないと思った。

岩谷の役は劇研の後輩の池田成志に頼んだ。成志は苦労したと思う。稽古場で成志がゴドー1として登場した時、誰の頭にも、岩谷の演技があった。大高も名越も小須田も、岩谷の声が聞こえていた。もちろん、僕も。

だからこそ、いつもの倍近い期間を稽古した。

紀伊國屋ホールなので、スタッフにプロをお願いした。

初めて、本職の舞台監督を頼んだ。彼は、最後、舞台を斜めに傾けるために、ウィンチで巻き上げる方法を選んだ。もう下に潜って、えいやっと押し上げる必要がなくなった。あ、ウィンチを巻き上げるのは、人間なので、人力であることに変わりはなかった。

舞台装置も、プロの石井強司《つよし》さんにお願いした。石井さんは、「今まで、何もない舞台で、最後に斜めになることで成立しているんだから、このままでいいでしょう」と言ってくれた。もしここで、舞台の上にいろんな装置を置いていたら、最後に斜めにできなくて、作品は違うものになっていただろう。

必死で稽古した。こんなに死に物狂いになったのは、劇団の旗揚げ以来だと思った。死ぬ気で努力する時は、人生にはそんなにないと思った。いつもいつも、命を賭けて努力していては身体が持たない。いつもは、通常の努力をする。でも、人生には何回か、死に物狂いで努力しないといけない時がある。それが今だと思った。ちなみに、次に死に物狂いの努力をしたのは、四年後、初めて三十五ミリの商業映画を撮った時だった。

公演初日二月二日、紀伊國屋ホールの客席を覗くと、今までにない感覚がした。通常は、お客さんはわいわいガヤガヤと話して、雑然とした空気と期待の中で開幕を待っていた。だが、雰囲気がいつもとまったく違って、妙に静かなのだ。これはなんだろうと思ってお客さんを見ているうちに、「お客さんも緊張しているんだ」と気付いた。

ここまでずっと応援してきたけれど、とうとう紀伊國屋ホールまできたけれど、大丈夫なんだろうか、『リレイヤー』みたいに失敗したらどうしよう、ここで絶対に失敗して欲しくないと、お客さんが心配していると分かった。

客席が巨大な楽屋のようだった。

けれど、公演は成功した。カーテンコールの拍手の熱烈さと、劇場を出て行く観客の顔でそれは分かった。

僕は楽屋に走り、演技を終えた俳優達に向かって「みんな。バンザイをしないか」と興奮して言った。その後、四十年間演出家をしているが、初日に楽屋でバンザイをしたのは、二回だけだ。

ロビーに祝祭の興奮があった。観客の顔が上気し、浮き立ち、生きるエネルギーを全身から発散していた。

連日、満席の上に、当日券を求めて四百人以上の人が並んだ。今では考えられないが、客席通路に座布団を敷いて、二列にびっしり並んで座ってもらった。さらに、客席の一番前に箱馬を並べて、そこに座ってもらった。さらに客席と壁の少しの隙間にも立ってもらった。

それで二百人近いお客さんが当日券で観劇できた。それでも、二百人以上のお客さんは入れず帰ってもらうしかなかった。

千秋楽では、拍手が終わらなかった。三度目のカーテンコールをしたが、お客さんの拍手は続いていた。どうしようと、僕は舞台の袖に走った。装置や照明をバラすための外部スタッフがもう待機していた。

なんか言った方がいいのか、どうしたらいいんだと戸惑っていると「鴻上、お前が出るしかないだろ」と声がした。

振り向くと、「九月会」の演出家だった堀江さんだった。堀江さんは、劇研をやめた後、照明の会社を作り、照明のバラシのために来ていたのだ。

「ほら、鴻上、すぐ出ろ」「はい」何年たっても、劇研は体育会系で、先輩の前ではただの後輩だった。

僕は役者達と一緒に舞台に出て、挨拶した。それで、お客さんは納得してくれたようだった。それ以降、僕は楽日のカーテンコールに出るようになった。旗揚げから十回公演までは出なかったのに一度姿を見せてしまうと、お客さんは、それを当然のことと期待していることが分かったのだ。

客席から最後のお客さんが出た後、岐阜から来てくれた岩谷のお母さんに舞台に上がってもらった。最終日に観劇していたのだ。お母さんが「第三舞台」を見るのは初めてだった。岩谷は、照れたのか不精だったのか、母親を招いていなかった。

お母さんは、舞台の上で、大きな花束を成志に渡した。僕と他の俳優は客席でそれを見つめた。

お母さんは、「成志さんが息子のように見えました。面白くて、ずっと泣いてしまうのかと思ったのに、笑いました。『第三舞台』が人気がある訳がよく分かりました」と泣きはらした目で言った。

観客は五千人を超えた。紀伊國屋ホールは、すぐに七月に再演しましょう、劇場を空けますと言ってくれた。

六月、第十二回公演に『リレイヤーII』を上演した。今度こそと決意したが、劇団と人間関係の重さに負けて、納得できる作品にできなかった。

悔しくて悲しくて、いつか絶対に絶望より希望が上回る作品にして再演するぞと決意した。

二十六歳。自分の未熟さに歯噛みしながら、次の作品を考え始めた。

大隈裏の鉄扉を押してから六年、劇団を旗揚げして四年がたっていた。

東京都杉並区
××二丁目四番地

二十年ほど住み慣れた家を出た。離婚の財産分与で元妻に渡した。元妻は子供達と住み続けることを選んだ。

二十六年ぶりの独り暮らしになった。六十三歳だった。

スライド式の本棚が十四個ほどあり、マンションは無理だと思った。中古の物件を探し、東京都杉並区××二丁目四番地に築二十一年の一戸建てを見つけた。

それなりの金額はしたが、去年と一昨年、続けて亡くなった両親の遺産に助けられた。教師だったので、弟と二人で分ければたいした金額ではなかったが、新居の頭金とローンを軽くすることに役立った。この金がなかったら、中古とはいえ一戸建てには引越はできなかった。

世間からは、それなりに稼いでいると思われているが、演劇という「水物」にずっと振り回されている。そういえば昔、商社マンの人から、「水商売の人と会うのは初めてです」

と言われたことがあった。言われて初めて「そうか。水商売か」と納得した。

挑戦的な企画が失敗すれば、あっという間に何千万円かの赤字が出た。若い奴と劇団を作って、累積の赤字が二千万円ぐらいになっている。それに、コロナが追い打ちをかけた。予定していた公演を稽古の途中で中止するしかなくなり、三千万円が飛んだ。

劇団の代表であり、会社の社長なので、総てを引き受ける責任がある。演劇を仕事にして四十年、それなりに稼いでいる時と大慌ての時が不定期にやってくる。

残念なことに、引越の時は「水物」が干上がっている時期だった。親の遺産がなかったらどうしていただろう。小さなマンションを借りて、本はどこか、関東近県の倉庫に預けたかもしれない。

二〇二一年、実家から新居に母親の絵四枚と冷蔵庫と洗濯機、電子レンジ、食器、鍋、ヤカン、箸、スリッパ、机などを送った。

実家に集荷に来た新居浜の引越業者は、「単身赴任ですか?」と聞いた。うまく答えられないので「まあ」と濁すと、「東京で単身赴任は大変ですよね」と同情した顔を向けた。

新居浜から送った荷物のうち、冷蔵庫と机が入らなかった。冷蔵庫は二階への階段を通れず、キッチンに運べなかった。机も階段を通れず、仕事部屋に運べなかった。

どうしたらいいかと聞けば、クレーンを頼んで引き上げて、二階のベランダから入れるという方法があると教えてくれた。ただし、クレーンを呼ぶより、この階段を通る新しい冷蔵庫に買い換えた方が絶対に得だと、引越業者は言った。

「この冷蔵庫、結構古いですからね。いつまで使えるか分かりませんよ。それだったら、最新式の新しい物を買った方が、クレーン代を考えたら、絶対に賢いです」

それでも、クレーンをお願いしますと答えた。賢くない選択をする僕を、理解できない目で引越業者は見た。母が使っていた冷蔵庫を、離婚した後の独り暮らしで使いたいとは言えなかった。机は、父親の部屋にあったもので、中学の時、暇人クラブのみんなで学校への抗議文を書いた物だ。なんだか、そんな個人的な事情を話すのは申し訳ないような気がした。言われた方も、反応に困るだろう。

机と冷蔵庫は、一週間後、クレーンで吊って二階のベランダから入れた。

実家で帰省のたびに使っていた茶色のスリッパをはいて、母親の使っていた包丁とフライパンと鍋を使って、いろんな料理を始めた。独り暮らしなので、気ままだった。前の家では、台所に立つことを妻が嫌がっていた。

「ナスの煮びたし」は、母親がよく作ってくれた料理だった。一般的な味より甘みが強いのが母の特徴だった。「じゃがいもとタマネギの味噌汁」もよく母親が作ってくれていた。ずっと食べたいと思っていた。

「ホワイト・シチュー」も作った。市販のルーを使えば、驚くほど簡単にできることが分かった。「カレー」並の簡単さだった。「スパニッシュ・オムレツ」も「すき焼き」も「豚シャブ」も作った。食器と箸は、二十年住んだ家からは何も持って来なかったので、全部、実家のものを使った。

お湯は母親が使っていた古いヤカンで沸かした。

二ヵ月ほど料理を続けるうちに、母親の使っていた包丁は切れが悪く、フライパンは焦げつくことが多いということに気付いた。

悩んだが、スーパーで切れそうな包丁と焦げつかないといううたい文句のフライパンを買った。

あまりの切れ味に驚き、あまりの焦げつかなさに感動した。今までの苦労はなんだったんだと思った。

心の中で「かあちゃん、ごめん」と言って、実家から持ってきた包丁とフライパンをシステムキッチンの引き出しの奥深くにしまった。

劇団のスタッフが引越の手伝いに来た時に、古いヤカンを見て、「どうして、沸いたら音が鳴るものにしないんですか？　ものすごく便利ですよ」と不思議そうに言った。やがてそうなるかもしれない。

ひとつひとつ、生活の便利さが、母親の記憶を押し退けていく。それが生きるということかもしれないと思う。

十代に実家を出て三十七歳で結婚するまで、十八年間独り暮らしをしていた。その後、二十六年間結婚生活をしたが、後半の八年ほどは、たまに長女と長男と話すぐらいで、ほとんど独り暮らしに近いものだった。だから、独り暮らしに慣れていると思う。本当の独り暮らしの方が、家庭にいるのに会話のない独りよりずっとましだ。

ただし、ひとつ計算違いがあった。

引越先を選ぶ時に、結婚前から使っている鉄道路線から動きたくないと思った。三十年以上慣れ親しんだ電車に乗り続けたいと思った。

それとまだ高校一年の長男の相談に気軽にのれる距離にいたいとも思った。同じ路線なら、彼も抵抗なく会いに来られるだろうと考えたのだ。

ただ、資金が不足しているので、二十年住んでいた家よりも、都心からより離れた駅の周辺で家を探すしかなかった。見つけた築二十一年は、そういう家だった。

ということは、駅から電車に乗り、都心に向かう途中で、必ず、自分が二十年間使っていた駅に止まるということを意味していた。

これがまいった。止まるたびに、いろんなことが思い出された。

まだ妻が口をきいてくれていた時に妻と子供達と一緒に行った寿司屋の思い出。家族全員で行った釜飯屋さんでの妻と子供達のオーダーの詳細。全員でつつきあったお好み焼き屋さんの座敷の風景。

懐かしい駅に止まらなければ、頻繁に思い出すことはないのだ。せいぜい、似たような寿司屋に行った時や、似たような名前の釜飯屋の看板を見た時や、お好み焼き屋で家族連れを見た時ぐらいだろう。

なのに、毎日電車に乗れば、自分が二十年間生活していた駅に、毎日止まる。そして、いろんなことを思い出す。

作家のくせに、こんなことが想定できなかったとは、なんて想像力がない奴だと自分のことを笑ってしまった。違う路線を選んでいたら、思い出す回数は、毎日ではなく、何週間に一回、ひょっとしたら何ヵ月に一回、やがて何年に一回になったはずだ。駅に止まるたびに、心をざわつかす必要はなかった。

引越して、二ヵ月ぐらいした時、高一の息子が自転車でやってきた。二十分の距離だった。息子は、珍しそうに家の中に入ってきた。

離婚する四ヵ月前、息子に、話があると近くの公園で会った。家ではなく、わざわざ公園を指定することで、息子も何か予感していたのかもしれない。

ベンチに並んで座り、「父ちゃん、離婚することにした」と告げた。

息子の第一声は「じゃあ、いい人、早くみつけないと」だった。ずっと両親に会話がないことを、子供心にどう思っていたのか。それだけは父親として申し訳なかった。唯一の言い訳は、会話はなかったが、罵り合いも喧嘩もなかったことだ。息子が物心つく頃からは二人の間には何もなかった。

気軽に相談に乗れる距離と思ったが、引越して息子に会ったのは、結果的に一年で三回だけだった。自分からは、会おうと言うつもりはなかった。余計な気遣いや負担はかけたくないと思った。本当に話したい時は連絡があるだろう。それまでは、ＬＩＮＥのやりとりで充分だ。

息子は父親より母親を選ぶものだ。それは、自分のことを振り返れば、よく分かる。父親は離れた場所で微笑んでいるぐらいがちょうどいいだろう。

この原稿を書いているテーブルの傍に、父親と母親の戒名が入った位牌を置いている。普通は仏壇に置くものだろうが、僕はいつも目につく場所に置きたかった。パソコンの画面から視線を少し左にずらせば、そこに位牌がある。

「夫婦《めおと》位牌」と言って、夫婦の戒名が並べて書かれている。こんなものが存在するとは知らなかった。父親が亡くなったとき、親戚に勧められて仏具店で注文した。母親はまだ生きていたので、位牌の片側だけに父親の戒名が刻まれた。反対側は刻まれるのを待つように空白だった。しきたりとか因縁とかにうるさい人達が誰もこれを「縁起が悪い」と、言い出さないのがおかしかった。やがて母親も亡くなり、片側の空白もなくなった。

パソコンがのったテーブルの傍にある「夫婦位牌」に、僕は時々話しかける。昔、実家の食卓で話しかけたように話しかける。

父親には申し訳ないが、もっぱら母親に話しかける。母親の微笑んだ顔が浮かぶ。母親はいろいろと話を聞いてくれる。誰にも言えないつらいことを話す。母親が笑うだろう仕事のドジ話を話す。日常の何気ない話題を話す。父親は、黙っている。聞いているのか聞いてないのかよく分からない。

パソコンの向こうには、窓がある。

前の家では、ベランダに向けてパソコンを置いた。引越した日、明日から目が疲れたら、この青空を見上げようと決めた。翌日、仕事を始めて、ふと顔を上げたら、ベランダには子供の下着や靴下、洋服が干されて、青空はまったく見えなかった。悪くない風景だと思った。

今、目の前の窓からは広がる住宅街が見える。遠くで木々の固まりも揺れている。

この家が終の住処になるのだろうか。不動産屋さんのアドバイスに従って、それなりの金額を使って外装や内装を直した。確かに、外壁は傷んでいたし、内装も汚れていた。トイレはまるごと換えた。洗面所もヒビが入っていたので新しくした。

以前使っていた駅に停車するのが嫌だという理由だけで、すぐに手放すのはリフォーム代を考えれば割に合わないだろう。だいいち、スライド本棚十四個分の本をもう一度段ボール箱に入れて、また並べ直すのかと思うとうんざりする。

二〇二二年十一月、若い奴と作った劇団の解散公演のツアーで、新居浜市に行った。金銭的に支えきれなくなって、解散を決意したのだ。駅前にある劇場でスタッフがいろいろと仕込んでいる間に、タクシーに乗って、上原一丁目三番地に行った。

すでに更地になって、何もなかった。家も庭に生えていた柿の木も蜜柑の木も枇杷の木も檸檬の木も無花果の木も跡形もなかった。ただ茶色い土と育ち始めた雑草だけがあった。驚くほど広い空間に感じた。

タクシーを待たせたまま、しばらく呆然と見つめた。ここに、かつて緑の家があったことを、みんなゆっくりと忘れていくのだろう。小さい子供達は、そんな家があったことを知らないまま、成長していくのだろう。「売り地」の看板だけが広い空間の片隅に立っていた。買い手はまだつかない。

次に新居浜に来るのは、いったいいつになるのだろう。

緑の家の物語が終わっても、僕の人生は続いていく。物語は終わる。けれど、人生は続く。物語は終わる。けれど、思い出は続く。僕の人生が続く限り、両親の思い出も岩谷の思い出も続いていく。一九九六年に亡くなった岩谷のお母さんの思い出も続く。

東京都杉並区××二丁目四番地の家で、次の物語を書き始める。

働かなければいけない。ローンと子供達が大学を卒業するまでの養育費。払い終わる時に、いったい自分はいくつになるのか。

書きたいテーマは山ほどある。語りたい物語も作りたい芝居も山ほどある。

時折、母親に話しかけながら、作品を書き続けている。

今日は、パソコンの向こうの窓に青空が広がっている。大隈講堂裏では、今の大学生達が演劇の稽古に汗を流しているだろう。

愛媛県新居浜市上原一丁目三番地も青空だといいと思う。

東京都杉並区××二丁目四番地

初出

「愛媛県新居浜市上原一丁目三番地」「群像」二〇二二年六月号
「東京都新宿区早稲田鶴巻町大隈講堂裏」書き下ろし
「東京都杉並区××二丁目四番地」書き下ろし

鴻上尚史（こうかみ・しょうじ）

作家・演出家・映画監督。1958年愛媛県生まれ。早稲田大学法学部卒業。大学在学中の1981年、劇団「第三舞台」を旗揚げする。'87年「朝日のような夕日をつれて'87」で紀伊國屋演劇賞団体賞、'95年「スナフキンの手紙」で岸田國士戯曲賞、2007年に旗揚げした「虚構の劇団」の旗揚げ三部作戯曲集『グローブ・ジャングル』で'10年、読売文学賞戯曲・シナリオ賞を受賞。著書に『「空気」と「世間」』『不死身の特攻兵』（以上、講談社現代新書）、『ベター・ハーフ』（講談社）、『人間ってなんだ』『人生ってなんだ』『世間ってなんだ』（以上、講談社＋α新書）、『鴻上尚史のほがらか人生相談』（朝日新聞出版）、『同調圧力のトリセツ』（中野信子との共著、小学館新書）など多数。

愛媛県《えひめけん》新居浜市《にいはまし》上原《うわばら》一丁目《いっちょうめ》三番地《さんばんち》

二〇二三年三月二四日　第一刷発行

著者　鴻上尚史《こうかみしょうじ》

発行者　鈴木章一

発行所　株式会社 講談社
東京都文京区音羽二-一二-二一　〒一一二-八〇〇一
電話　編集　〇三-五三九五-三五〇四
　　　販売　〇三-五三九五-五八一七
　　　業務　〇三-五三九五-三六一五

印刷所　凸版印刷株式会社

製本所　株式会社若林製本工場

ISBN978-4-06-530291-0

KODANSHA